W0250139

Lieber Leser,

wie schön, Dich auf diese Reise mitnehmen zu dürfen!
Die Destination lautet: „Den eigenen Träumen folgen."
Pack deine Koffer und los geht's!
Anschnallen nicht vergessen, es kann turbulent werden.

Für Anita.

AUFWACHEN

Tag 1

Ich war auf dem Weg zum Retreat-Zentrum in den Bergen. Eine Woche Schweigen stand mir bevor: Nur für mich sein, ganz ohne Handy oder weitere Gegenstände, mit denen ich mich beschäftigen könnte oder die mich von meinen Gedanken ablenken würden. Es war Februar, in der Stadt war es mir zu grau geworden, und überhaupt wollte ich weg von dem ganzen Trubel.

Am Gelände des Zentrums angekommen, nahm ich einen tiefen Atemzug der klaren Bergluft und betrat das hölzerne Gebäude. Zögernd hielt ich nach einer zuständigen Person Ausschau und entdeckte um die Ecke einen älteren Herrn an einem Computer. Leise klopfte ich am Türrahmen an. Er sah von seinem Schreibtisch auf. Wow! So musste man aussehen, wenn man der Erleuchtung nahe war: Was für ein gediegenes Gesicht!

„Ich bin soeben angekommen", erklärte ich in flüsterndem Tonfall.

Der Beinah-Erleuchtete lächelte.

Musste ich beim Check-in etwa auch schon schweigen? Ich war mir nicht sicher. Dazu hatte ich der Broschüre keine Informationen entnommen.

Immer noch zaghaft fragte ich: „Darf ich sprechen?"

„Wollen Sie sprechen?", entgegnete er mit einem Lächeln.

Ich nickte. Ein Glück, dass ich mich in meinem Zen-Modus befand, ansonsten wäre ich mir mittlerweile angeschmiert vorgekommen.

Der Beinah-Erleuchtete grinste und empfing mich in herzlichem Tonfall. In Ruhe zeigte er mir das Haus und führte mich zu meinem Zimmer.

„Ach ja, heute darf man sich beim Abendessen noch mit den anderen unterhalten. Die Schweigeregel gilt erst ab morgen, also unterhalte dich gerne drauf los. Bis später!“, verabschiedete er sich lächelnd bei mir.

Ich seufzte. Selbst während eines Schweigerückzugs stand mir ein Abend mit Smalltalk bevor. Ich sagte nichts und lächelte verglommen zurück.

Beim Abendessen.

Mir saß ein strahlendes Yoga-Girlie gegenüber. So wollte ich einmal nur für einen Tag aussehen. Was sie hier wohl machte? „Mit der Haut und den weißen Zähnen wäre ich überall, nur nicht in einem Schweigezentrum“, dachte ich und projizierte dabei meinen Wunsch nach einem zufriedenen Gemütszustand auf ein paar Oberflächlichkeiten.

Yoga-Girlie erzählte munter von ihren ersten Schweigeerfahrungen auf Bali. Außerdem schaffte sie es laut eigener Aussage hervorragend, Meditation in ihren Alltag zu integrieren. Einmal im Monat träfe sie sich sogar mit ihrer Freundin dafür.

Willkommen im einundzwanzigsten Jahrhundert: Die Leute verabreden sich, um die Augen zu schließen und gemeinsam zu schweigen. „Verrückte Welt“, dachte ich und nickte abwesend. Gleichzeitig wurde mir klar: Ich gehöre zu dem Wahnsinn schon dazu.

„Und wer bist du so?“, fragte Yoga-Girlie mich.

Gute Frage, wie ich fand.

Ich bin Sabine Ulrike Neumeister, dreißig Jahre

alt und auf der Suche nach Antworten, die für mich schwieriger zu finden sind als die auf Preisfragen der Millionenshow. Woher diese vielen Fragen und wankenden Gemütszustände kamen, wusste ich selbst nicht so genau. Eigentlich konnte ich wirklich zufrieden sein mit meinem Leben, denn ich lebte - objektiv betrachtet - ein lebenswertes.

Beruf: Ich war eigentlich im absoluten Traumjob gelandet und hatte die Marketing- und PR-Leitung eines nachhaltigen Bio-Lebensmittelkonzerns inne - ein Bürojob mit grünem Computer sozusagen. Also eigentlich genau das, was ich immer machen wollte, wäre da nicht dieses Eigentlich. *Eigentlich* dachte ich auch, mit dreißig Jahren bereits sesshaft geworden zu sein, Kinder geboren und *ihn* geheiratet zu haben. Ich seufzte. War wohl nichts.

Beziehungsstatus: Diese Kategorie war auch schon einmal leichter zu beantworten gewesen. Sei's drum: Ich war alleinstehend.

Essensglaubensrichtung: Ich ernährte mich - seitdem ich als Kind eine Fernsehdoku über Tierhaltung und Schlachthöfe gesehen hatte (mögen die viel zu eng gehaltenen Rinder, entschnabelten Hühner, geschredderten männlichen Küken und bewegungsunfähigen Schweine nun an einem besseren Ort weilen) - vegan, mit Vorliebe für Rohkost und *No-bake Chocolate Cake*.

Macken: Sozial-aversive Züge konnte ich nicht verleugnen. Ansonsten nichts Schlimmes. Ich war sicher schon menschenfreundlicher gewesen, doch momentan gingen mir die Mitglieder meiner Spezies schlichtweg auf den Zeiger; andere waren wahrscheinlich mein Projektionsventil. Außer Annika, die war schwer in Ordnung. Und deshalb meine beste Freundin.

Ich blickte Yoga-Girlie an und beließ meine Antwort mit einem Lächeln bei: „Ach, ich … ich bin die Sabine."

Yoga-Girlie schaute mich mit großen Augen an und wartete auf weitere Ausführungen. Ich wich ihrem Blick aus, schaute konzentriert auf meinen Teller und widmete mich meiner Suppe. Mich mit Höflichkeitsregeln auseinanderzusetzen, war mir gerade zu dumm.

Nach dem Essen.
Unsere Yoga- und Meditationslehrerin stellte sich vor. Sie war siebenundachtzig Jahre al… ähm – jung. Anders konnte man das nicht sagen; ich riss meine Augen auf. Sollte ich mit siebzig Jahren eine Haut wie Yogini-Oma haben, ich würde zu den Sonnengrüßen auch noch Purzelbäume schlagen vor Freude und Dankbarkeit.

Yogini-Oma war die Kursleiterin. Sie kündigte an, uns bei den kommenden Meditationseinheiten zu unterstützen und morgens Yoga anzuleiten. In resolutem Tonfall erklärte sie die Regeln für die nächste Zeit: Handys wurden abgegeben, Bücher und Schreibzeug ebenfalls. Für die nächste Zeit sollten wir keinen Blickkontakt mit anderen aufnehmen. Gesichter könnten Emotionen in uns auslösen und uns in unserem „Prozess" ablenken, daher sollte sich unser Blick nur noch auf die Füße der anderen Teilnehmenden richten. Beim Anblick der Füße meines Gegenübers schauderte ich. Ich bezweifelte, dass seine langen Zehennägel meinem „Prozess" dienlich wären.

Yogini-Oma fuhr fort: Jegliche Art der Kommunikation wäre für diese Woche tabu. Ich atmete erleichtert auf. Genau so etwas brauchte ich jetzt!

„Hat noch jemand einen Wunsch für die kommende

Zeit, bevor wir uns ins Schweigen begeben?“, beendete Yogini-Oma die Einführung. Die Gruppe war still.

„Gut, uns geht es ohnehin darum, alle möglichen Wünsche loszulassen“, schloss Yogini-Oma ihre Ansprache mit einem Lächeln.

Tag 2

Fünf Uhr morgens.
Der laute Gong ertönte bereits zum dritten Mal. Ich blieb noch für einen Moment im Bett liegen und dachte an mein Vorhaben, morgens stets gedanklich vier Dinge zu nennen, für die ich dankbar war. Ich hatte gehört, dass sich dadurch etwas im Gehirn zum Positiven ändere. Wie genau das funktionierte, war mir gleich. Ich wollte schließlich keine Wissenschaftlerin werden, sondern lediglich ein bisschen was von dem „Happy Life" für mich finden, das der unverrückbar in sich ruhende Buddha ausstrahlte.
Ich zählte also gedanklich auf. Erstens: Danke, dass ich heute schweigen darf und der Rest der Gruppe ebenfalls den Mund halten wird. Zweitens: Danke, dass meine Zimmerkolleginnen keine Schnarchnasen sind, was mich auch schon zum nächsten Punkt führt. Drittens: Danke, dass ich geschlafen habe wie ein Baby. Wofür war ich noch dankbar? Ich überlegte. Was mich auf keinen Fall dankbar stimmte, war mein schmerzender Nacken. Ich Ehrgeizling hatte gestern vor der Abreise den Kopfstand probiert. Nachdem die Position beim fünften Versuch in einer Kollision mit der Tür gemündet war, hatte ich es frustriert dabei belassen.
Hastig blickte ich auf die Uhr. Mein viertes Danke musste für heute ausbleiben, es war höchste Zeit für Morgenyoga und die anschließende Meditation.

„Mit der Einatmung drehen wir den Kopf zur linken Seite, mit der Ausatmung zur rechten“, instruierte uns Yogini-Oma.

Zur Seite zu schauen war für mich heute eine ähnliche Herausforderung wie für sie wahrscheinlich ein Handstand mit Rückwärtssalto. Ihr fitter Körper beeindruckte mich und ich fühlte mich in ihrer Anwesenheit um mindestens zehn Jahre gealtert. Erschöpft schnaufte ich durch. Ich konnte mich nicht daran erinnern, jemals um diese Uhrzeit Yoga praktiziert zu haben.

Im Anschluss führte uns Yogini-Oma in eine Technik der Meditation ein. Wir sollten unseren Fokus auf den jetzigen Moment richten und alles, was wir hörten oder spürten, wahrnehmen, ohne es zu bewerten oder gedanklich daran festzuhalten. Wenn es doch einmal vorkam, dass unsere Gedanken woandershin wanderten, sollten wir uns „Denken-Denken“ sagen und die Gedanken wieder gehen lassen.

Meine Beine kribbelten. Ob Yogini-Omas Beine auch eingeschlafen waren? So entspannt, wie sie dasaß, vermutlich nicht. Ertappt zuckte ich zusammen – ich sollte meine Augen doch geschlossen halten, denken-denken.

Mein Magen knurrte. Was es wohl zum Frühstück gab? Hoffentlich genügend Obst. Frühstückbuffets, die lediglich Brötchen und Brot mit Marmelade bereithielten, waren mir zuwider. Sie erinnerten mich an das morgendliche Nahrungsangebot während der Skiurlaube meiner Kindheit. Kein Wunder, dass ich nach diesen Gluten-Partys schlotternde Beine auf der Piste gehabt hatte.

Wie ich Skifahren doch hasste.

Ich zuckte erneut zusammen: Denken-denken. War das jetzt eigentlich schon Meditation?

„Sonnenschein für alle, die Sonne scheint in meinem Herzen, die Sonne scheint für alle Wesen, für dich und für mich." Mit diesem Lied endete die Morgenmeditation. Der forciert fröhliche Zusammenhalt stimmte mich skeptisch. War ich in einer Sekte gelandet?

Andererseits war Sonnenschein im Herzen ja schön. Jedenfalls nicht so grau wie mein Stadtleben. Unabhängig davon war ich bisher stets das naive Sabinchen gewesen. Daher entschied ich, von nun an bewusst auf mögliche Hinweise bezüglich einer Sekte zu achten.

Im Frühstückssaal.

Erschöpft und erleichtert saß ich bei Orangensaft und Apfelspalten. Es war halb neun am Morgen und ich fühlte mich ausgelaugter als nach einem langen Arbeitstag. Die Konzentration während der Meditation zu bewahren, hatte sich schwieriger als gedacht gestaltet.

Auch der Vormittag verging schleppend. Dem Frühstück folgte eine Gehmeditation mit anschließender – welch Überraschung – Sitzmeditation. Mein Tageshighlight war dann die vegane, langweilig gewürzte Mittagsmahlzeit. Den Anspruch auf abwechslungsreiche Rohkost hatte ich aufgegeben.

Nach dem Mittagessen trug ich mich für „edles Arbeiten" in der Küche ein. „Edel" war diese Arbeit deshalb, weil die Tätigkeit mit Achtsamkeit ausgeführt und der gesamte Fokus einzig auf diese Handlung gerichtet werden sollte. Behutsam wusch ich also einen Teller nach dem anderen ab und konzentrierte mich dabei, so leise wie möglich zu sein. Tatsächlich stellte sich eine angenehme Ruhe in mir ein und ich fühlte mich zum ersten Mal, seitdem ich hier war, ausgeglichen.

„Vielleicht finde ich meine Meditation in der Tätigkeit und nicht vor Buddha", dachte ich zufrieden.

Ein Räuspern unterbrach meine Gedanken. Ich blickte auf und sah dem Küchenchef entgegen, der mit einem beschriebenen Blatt Papier sein Gesicht verdeckte.

„Achtsam heißt nicht langsam", las ich den darauf gekrakelten Appell. Ohne mir ins Gesicht zu schauen, deutete er auf den Tellerstapel, der vor mir lag.

Ich runzelte die Stirn. Was erlaubte sich der Übelwürzer meinen Zen-Modus zu stören? Ich war empört. Wie sollte ich hier jemals Ruhe finden, wenn meine Gedanken in der Meditation ständig dachten-dachten und ich beim Abwasch nicht edel-edel arbeiten-arbeiten konnte, sondern gestresst-gestresst wurde!

Bei der Nachmittagsmeditation.

Nun dämmerte es mir: Da hatte ich mir eine Woche lang Zeit genommen, um über so vieles nachzudenken, Entscheidungen zu treffen, mein Leben zu reflektieren - und dann war das Einzige, was ich hier den ganzen Tag vor Buddha andächtig tun sollte, nicht zu denken. Das hatte ich mir anders vorgestellt! Nur wie? Was hatte ich mir dabei gedacht? Verdammt, ich sollte doch nicht denken ... denken-denken.

Yogini-Omas Stimme ertönte. Sie erinnerte uns daran, als Meditationshilfe den eigenen Atem zu zählen. Das sei der einfachste Weg, um im Moment zu bleiben.

„Eins ... zwei ... drei ...", verfolgte ich meine Atemzüge gedanklich.

Aus der Richtung meines wollsockentragenden

Gegenübers kamen laute Magengeräusche. Ich blinzelte zu ihm und schmunzelte. Herrn Wollsocke war der langweilig gewürzte Linseneintopf von heute Mittag wohl nicht bekommen. Ein Hoch auf die Ballaststoffe!

Als könnte Yogini-Oma meine Gedanken lesen, erklärte sie: „Lasst uns doch alle einmal, wenn wir etwas hören, geistig ‚Hören-Hören' sagen, nichts weiter. Dann darf das Geräusch auch wieder gehen."

„Hören-Hören" also. Das Geräusch verging, der Geruch jedoch blieb. Dagegen konnte selbst das Meditieren nichts ausrichten.

Beim Abendessen.

Wie der Vormittag verging auch der Nachmittag langsam und unspektakulär. Das einzige aktivierende Kribbeln, das ich erlebte, stammte von meinen Füßen, die binnen der ersten zehn Minuten jeder Meditationseinheit einschliefen ... spüren-spüren!

Lustlos kaute ich an meinem Polentasterz. Ich hatte mich so auf das Retreat gefreut, und nun fragte ich mich, was dieses Schweigen und Meditieren sollte. Ich war ausgelaugt und der Gedanke daran, gleich wieder vor Buddha zu sitzen, ermüdete mich umso mehr. Vielleicht war Meditation nichts für mich und ich war eher so der Denker-Typ. Mein Gehirn wollte meine Probleme eben lösen. Außerdem sah ich keinen Sinn darin, alle Gedanken wieder gehen zu lassen, wenn es doch Lösungen bedurfte.

„Warum willst du denn schweigen, Püppi?", hatte Papa gefragt, als ich ihm vor meiner Abreise von dem Retreat erzählt hatte.

„Das ist doch eigenartig! Mach doch was Schönes in deiner Urlaubszeit. Charlotte zum Beispiel, die fährt jetzt gerade ans Meer nach Mallorca. Auf Mallorca ist es bestimmt schöner."

„Du verstehst das nicht", war meine knappe, genervte Antwort gewesen.

Nun fragte ich mich, ob er recht gehabt hatte. War ich diejenige, die etwas nicht verstand?

Das war unmöglich! Ich riss mich aus den Gedankenkreisen, packte mein Meditationskissen und machte mich auf den Weg zur Abendmeditation.

Bevor ich den Raum betrat, wollte ich ein Zettelchen in die Mitteilungs-Box werfen. Die Box ermöglichte uns, Fragen zu stellen, die Yogini-Oma am Ende jedes Tages beantworten würde.

„Wieso soll ich Gedanken in der Meditation wieder gehen lassen, wenn mein Gehirn an Lösungen für Probleme arbeiten will?", krakelte ich auf einen Zettel und steckte ihn in die Box. Vielleicht konnte Yogini-Oma helfen.

Bei der Abendmeditation.

Eingeschlafene Füße, viel „Denken-Denken" sowie wenig Hier und Jetzt machten auch diese Meditationseinheit aus.

Nachdem die Stunde beendet war, las Yogini-Oma alle Anliegen vor, die im Laufe des Tages in der Box gelandet waren.

„Ich bitte alle, die Regeln zu befolgen und sich während der Meditation nicht zu bewegen! Geräusche in der Meditation sind nicht fein. Auch trotz ‚Hören-Hören' nicht", entnahm sie dem Zettelchen kommentarlos.

Ich schmunzelte über den Gruppen-Insider „Hören-Hören" und stimmte innerlich zu: Wenn der Boden immer wieder knarrte, weil jemand seine Sitzposition veränderte, war das eine zusätzliche Konzentrationsherausforderung. Andererseits hatte ich einmal von dem Ansatz gehört, Geräusche in der Meditation als Training anzusehen, um den Fokus noch besser zu stärken. Ganz nach dem Motto: „Je lauter im Außen, desto leiser im Innen."

Die nächste Frage war meine. Yogini-Oma las sie vor, legte eine kurze Pause ein und antwortete dann: „Vielleicht müssen wir manchmal nichts weiter tun, als zu erlauben, dass wir die Lösung im Moment nicht kennen. Mit dieser Ruhe sind wir empfänglich für mögliche Lösungen, die das Leben für uns bereithält."

Ich runzelte die Stirn und wusste nicht, was ich von ihrer Antwort halten sollte.

Mittlerweile war es neun Uhr am Abend. Vor dem Ende der Einheit bat uns Yogini-Oma noch, aufzuschreiben, warum wir hier im Schweigezentrum waren, und das Geschriebene am nächsten Tag in die Box zu stecken.

Nach einer kalten Dusche (das Warmwasser war ausgegangen) lag ich eine Weile wach im Bett. Welche Lösungen mein Leben für mich wohl bereithalten würde? Ich dachte an die Worte von Yogini-Oma, und bevor sich mein Gehirn mit „Denken-Denken" melden konnte, fiel ich in einen tiefen Schlaf.

Tag 3

Fünf Uhr morgens.

Der Gong weckte mich. Ich überlegte mir meine heutigen Danke-Gedanken. Erstens: Danke, dass ich aufgewacht bin. Zweitens: Danke, dass meine Zimmernachbarinnen nicht so grunzen wie Herr Wollsocke während der Meditation (Hören-hören!). Drittens: Danke, dass ich gut geschlafen habe.

Auch das vierte Danke gelang mir heute: Danke, dass bereits der dritte Tag angebrochen ist. Dafür war ich tatsächlich sehr dankbar; zwei Tage waren bereits geschafft. Mit einem zufriedenen Lächeln blickte ich auf die Uhr und eilte aus dem Bett. Buddha erwartete mich bereits.

Nach der Morgenmeditation.

Die Einheit endete mit dem üblichen Song. Danach hetzte die schweigende Truppe zum Speisesaal und stürmte das Frühstücksbuffet. Geschäftig wurden Brote geschmiert, Tee und Kaffee geholt und Müslischüsseln befüllt. Entweder machte Meditation hungrig oder die bevorstehende Nahrungsaufnahme war eine gelungene Abwechslung vom Schweigen, Denken-Denken und vom Nicht-in-die-Augen-Schauen. Das Frühstücksangebot stellte hierfür noch die angenehmste Ablenkung dar, war es doch unberührt von den Gaben des Küchenchefs.

Bei der Vormittagsmeditation.
Zwei Äpfel, eine Orange und zwei Bananen später saß ich wieder vor Buddha und dachte-dachte. Mir fiel der gestrige Auftrag ein, aufzuschreiben, warum ich hier war.

Nach wenigen Minuten des Gedanken-gehen-Lassens war meine Konzentration mitgegangen. Dies sah ich als Anlass, mich nun also der Frage zu widmen. Wann sonst sollte ich mich damit beschäftigen? Wir meditierten schließlich den ganzen, lieben langen Tag.

„Warum bin ich hier?", überlegte ich.

Ich wollte *ihn* vergessen. Gut, das war vermutlich ein zu hoch gehängtes Ziel, zumal der Gedanke an die Orgasmen, die er mir beschert hatte, immer noch Gänsehaut in mir auslöste. Ich überlegte weiter. Ich wollte *ihn* wenigstens gedanklich loslassen. Das war wahrscheinlich realistischer – doch wie konnte ich das schaffen?

Ich dachte an unser erstes Date zurück. Nie würde ich das Gefühl dabei vergessen. Ich war damals heimgekommen, hatte die Wohnungstür hinter mir zugeknallt und einen lauten Schrei losgelassen. Ich war der festen Überzeugung gewesen, den Vater meiner zukünftigen Kinder kennengelernt zu haben. Zugegebenermaßen hatte ich schon immer einen Hang zum Theatralischen und auch zum Vorausplanen gehabt, aber das war es dieses Mal nicht gewesen. Ich hatte es einfach im Gefühl gehabt. Ich war zum ersten Mal in meinem Leben so verliebt gewesen, wie ich es mir nicht in meinen kühnsten Träumen hätte vorstellen können. Zuvor hatte ich zwar schon Beziehungen geführt, aber die hatten sich eher nach etwas angefühlt, das zum Leben dazugehörte, ohne mir die Frage zu stellen, ob ich es wirklich brauchte – wie Versicherungen: Sie gaben einem Halt. Außerdem hatten alle anderen sie auch.

Bei ihm war es anders gewesen. Wenn wir zusammen gewesen waren, hatte es sich richtig angefühlt. In seiner Gegenwart hatte ich nie das Gefühl gehabt, mich erklären oder etwas sagen zu müssen. Ich hatte das Gefühl gehabt, er verstand mich. Einfach so. Und was er erzählte, hatte mich interessiert; wir hatten stundenlang geredet und wenn wir einmal nicht sprachen … Es war unvorstellbar gewesen. Ich hatte mich gefühlt wie Avocadofleisch, das endlich mit seinem Kern vereint wurde.

Monate waren vergangen und ab dem Moment, als ich ihn an einem verregneten Novembersonntag im Bett gefragt hatte, was das zwischen uns wäre, war es kompliziert geworden. Bis heute konnte ich den Grund nicht verstehen, aber je verliebter wir gewesen waren, desto komplizierter wurde es. Ich hatte gemerkt, dass auch er nicht perfekt war, dass seine Macken teilweise wirklich anstrengend waren (von meinen ganz abgesehen), sodass das bis dahin so leichtlebige Liebesglück mit Kummer und Zweifel versalzen worden war.

Dennoch - es hatte sich schlichtweg falsch angefühlt, so etwas Kostbares aufzugeben, was wir schlussendlich aber getan hatten. Die Vernunft hatte entschieden, uns keine Zukunft zu geben; animalische Triebe waren dem Entschluss zahlreiche Male in die Quere gekommen, bis wir unser Uns zur Gänze beendet hatten.

An guten Tagen redete ich mir ein, dass ein noch viel schöneres Liebesglück auf mich wartete. An schlechten Tagen gestand ich mir theatralisch, dass *er* die Liebe meines Lebens gewesen war. Die schlechten Tage überwogen. In meinem Hals formte sich ein Kloß.

Warum war ich also hier? Der Grund sollte kein Mann sein, der mir den Kopf verdreht hatte, fand ich, einer in mir aufwallenden emanzipatorischen Eingebung folgend. Ich war eine eigenständige, selbstbestimmte Frau, die auch ohne Mann glücklich sein konnte.

Der Kloß wurde größer.

„Gong", ertönte es aus dem Vorzimmer und kündigte das Ende der Meditation an.

Mit bedrückter Miene verließ ich den Raum. Yoga-Girlie hüpfte vor mir die Treppe hinunter in Richtung Speisesaal. Ohne ihr Gesicht zu sehen, hatte ich ihr glückliches Grinsen förmlich vor meinen Augen und bekam Gänsehaut, so genervt war ich von ihrer permanent fröhlichen Art.

Beim edlen Küchendienst.

Den Dienst „edel" zu nennen, war wohl reine Marketingstrategie. Behutsam räumte ich die Tische ab und trug das Geschirr so leise und schnell wie möglich in die Küche. Herr Wollsocke machte mir den Anschein, dabei ein Küchenkonzert starten zu wollen. Ein Teller nach dem anderen schepperte ins Spülbecken, Türen wurden zugeknallt und Gläser klirrten. Seine Eile machte mich nervös. Befürchtete er etwa, dass Buddha ihm davonlief, oder was sollte der Stress? „Edles Arbeiten" definierte sich wohl anders! Achtsames Arbeiten meinerseits aber auch. Ich erinnerte mich daran, nicht zu bewerten. Also widmete ich mich wieder meinen Tellern, waschen-waschen.

Nach dem Abwasch.

Ich spazierte in den Wald. Bis zur Nachmittagsmeditation war nur noch eine halbe Stunde Zeit und diese wollte ich in der Natur verbringen. Sonnenstrahlen begrüßten mein Gesicht und schenkten mir an diesem eisigen Februartag ein wenig Wärme. Ich lächelte und wurde verzaubert von Eiskristallen, die an den Ästen der Bäume funkelten. Endlich konnte ich tief durchatmen. Ich machte halt und blickte in die Ferne.

Meine Zimmernachbarin stiefelte vor mir den Berg hoch und Herr Wollsocke schwirrte hinter mir her.

War das der Sinn des Lebens? Jeder tummelte sich mit sich und seinen Themen beschäftigt durch die Welt. Was war der Plan hinter dieser Sache? Ich wollte ihn herausfinden! Da musste es doch noch mehr geben. Etwas, das ich bisher noch nicht verstanden hatte.

Meine Gedanken wurden von einem Blick auf die Uhr unterbrochen. Ich erschrak über die fortgeschrittene Zeit und eilte zu meinem augenblicklich nächsten Ziel: Buddha, ich komme!

Bei der Nachmittagsmeditation.

Yogini-Oma gab uns die Anweisung, jede Stelle unseres Körpers, von oben beginnend, zu erspüren.

Augen: spüren-spüren, Nase: spüren-spüren, Wangen: spüren-spüren, Lippen: spüren... Oh nein, nicht schon wieder! Eine fette Fieberblase im Ausmaß eines Hornissenstichs pochte auf meiner Oberlippe. Was hatte ich nicht schon an meinem Herpes gelitten! Zum Glück sahen mir die Leute hier nicht ins Gesicht.

Ich versuchte, mich zu besänftigen und führte mir Oma-Yoginis Worte vor Augen: „Am Leid nicht leiden." Sie hatte am Vortag betont, dass jeder Mensch auf dieser Welt Leid verspüren würde. Die Krux dahinter sei, am Leid nicht zu leiden, sondern es kommen und gehen zu lassen.

Ich seufzte. Wenn das so einfach wäre, wäre ich vermutlich schon erleuchtet.

Nach dem Abendessen.
Die Frage, warum ich hier war, wartete noch darauf, beantwortet zu werden. Ich starrte auf das leere Blatt Papier vor mir. Nichts Passendes fiel mir ein.

„Ich möchte meinen Seelenweg finden“, kritzelte ich schlussendlich auf den Zettel. Das war es. Das beinhaltete auch all das Drumherum. Sobald ich meinen Weg finden und ihm folgen würde, würde der Rest von selbst mitspielen. Dann würde auch der Richtige in mein Leben kommen ... wer immer das sein mochte. Außerdem würde ich das tun, was ich liebte und nicht das, wofür ich Anerkennung erhielt.

Was das wohl war? Ich hatte keine Ahnung. Manchmal fühlte ich mich mir selbst so fern wie eine Raumschiffpilotin einem noch unentdeckten Planeten.

„Dann liegt es jetzt an mir, diesen Planeten zu finden und zu erkunden“, dachte ich lächelnd. Es musste sich gut anfühlen, zu wissen, was man zu tun liebte. Ja – ich wollte meinem Weg folgen, wohin er mich auch führen mochte. Fürs Erste führte er mich zu Buddha. Auf zur Abendmeditation.

Tag 4

Der Gong ertönte.
Reflexartig zählte ich meine vier Dankesgedanken auf. Erstens: Danke, dass ich aufgewacht bin. Zweitens: Danke für meine grunzlosen Zimmernachbarinnen. Drittens: Danke, dass heute bereits Tag vier ist. Viertens: Danke für den hervorragenden Schlaf.

Wofür ich nicht dankbar war: für Herrn Herpes, der auf meiner Oberlippe ragte. Ich schnaubte und blickte auf meine bunten Wollsocken. Zumindest die sahen verdammt gut aus. Mit denen konnte ich modisch definitiv mit Herrn Wollsocke mithalten.

„Außerdem ist es Buddha egal, wie ich aussehe", besänftigte ich mich.

Am Nachmittag.
Nach dem Mittagessen erwischte ich meine Zimmernachbarin im Schlafsaal dabei, mit Farbstiften auf einen Block zu malen. Wie konnte sie einfach so dahocken und hemmungslos schummeln? So würde sie der Erleuchtung wohl fernbleiben! Kopfschüttelnd legte ich mich in mein Bett und starrte an die Decke. Negative Gedankenkreise umrundeten mich.

Vielleicht war das Ganze hier nichts für mich. Vielleicht war mein Stadtleben doch nicht so schlecht und ich sollte mich einfach damit abfinden, dass mein Leben so war wie mein Leben nun einmal war. So schlimm war es eigentlich nicht, in der Tat.

Jetzt fühlte ich mich schuldig. Warum war ich nicht glücklich, obwohl ich eigentlich alles hatte, was ich zum Leben brauchte?

Am liebsten würde ich meinen Koffer packen, mich ins Auto setzen und mich auf und davon machen. Es würde wohl niemandem auffallen, meine Socken hier nicht mehr zu sehen. Verstohlen blickte ich auf den Parkplatz zu meinem Auto. Auch das noch! Es war eingeparkt. Mindestens sechs Autos müssten umgestellt werden, damit ich den Weg in die Freiheit finden könnte.

Das Schicksal hatte also entschieden: Ich musste hierbleiben und weitere Stunden mit Denken-Denken verbringen. Ernüchtert quälte ich mich aus dem Bett und schleppte mich zur nächsten Sitzmeditation.

Wie konnte man bloß so gut aussehen und ständig mit einem Honigkuchenpferd-Grinsen durch die Gegend laufen?

Erwischt: Ich hatte geschummelt. Während der Meditationseinheit hatte ich unauffällig zu Yoga-Girlie gespäht und war abermals von Neid bezüglich ihres strahlend schönen Teints, ihrer Barbiepuppen-Figur und ihres Grinsens geplagt worden. Selbst während der Meditation sah sie aus, als würde sie ein Werbevideo für Yogaklamotten drehen, während ich Hauptdarstellerin in einem Spot für Herpes-Salbe sein könnte (als Davor-Model, verstand sich).

Wie aufrecht sie dasaß, so befreit von jeglichem Unmut. Ich seufzte. Zum Glück hielten die anderen die Augen geschlossen und konnten nicht sehen, dass ich herumlümmelte wie ein Kartoffelsack. Dabei war meine Haltung angesichts der Rückenschmerzen, eingeschlafenen Füße und zeitweisen Wadenkrämpfe für mich noch das geringste Problem.

Am Abend.
Ich hockte in meinem Zimmer. Der Kloß im Hals war wieder da. Warum meldete der sich nun wieder? Und warum konnte ich nicht zufrieden sein? War das so schwer? Bei Yoga-Girlie sah es so einfach aus.

Tränen kullerten über mein Gesicht. Ich starrte nach draußen in die Dunkelheit und konnte nichts mehr zurückhalten. Eine Welle der Traurigkeit erschlug mich und ich gab mich ihr hin. Bevor ich zum Retreat gefahren war, hatte ich im Internet Bewertungen gelesen. Einige Teilnehmer hatten von einer lebensverändernden Zeit im positiven Sinne geschrieben. Ich hatte jedoch ganz im Gegenteil das Gefühl, dass die Meditation alles Negative, das in mir war, hervorholte und verstärkte.

Ich zuckte zusammen. Meine Zimmernachbarin stand neben mir und tippte mir auf die Schulter. Wollte sie noch mehr Regeln brechen oder was sollte das jetzt? Nicht einmal im Schweigerückzug konnte ich für mich sein.

Sie legte mir Block und Stift in den Schoß. Verdutzt starrte ich darauf.

„Kann helfen", war auf die erste Seite geschrieben.

Ich blickte auf und wollte mich bedanken. Da war sie schon zurück in ihr Bett gehuscht.

Und jetzt? Sollte ich die Regeln brechen? Was war mit meinen Prinzipien? Der Kloß im Hals meldete sich erneut.

„Wer will schon erleuchtet sein?", dachte ich schulterzuckend. Ich will lediglich glücklich sein.

Verdammt, wir sollten uns doch von Wünschen lösen. Das Hin und Her in meinem Kopf wurde mir zu dumm. Trotzig nahm ich den Stift in die Hand und wollte loslegen. Aber womit? Auf Zeichnen hatte ich keine Lust.

Früher liebte ich es, zu schreiben. Als Kind hatte ich mal einen ganzen Sommer lang an einem Buch gewerkelt. Verschwommen erinnerte ich mich an die Geschichte, in der der kleine Flin in einen Magiewald flüchten musste, weil seine Stiefeltern von Drachen heimgesucht worden waren. Er war der Einzige, der sie retten konnte. Sein Körper war mit der Kraft eines Feinfühlherzens beschenkt worden, mit dem er Boshaftigkeit in Liebe umwandeln konnte. Dies gelang aber nur, wenn Flin erkannte, warum die boshaften Wesen zur dunklen Macht gewechselt waren. Flins Herzenskraft war noch nicht zur Gänze ausgewachsen, sodass es ungewiss war, ob er das hohe Maß an dunkler Macht der Drachen verwandeln konnte.

Ich schmunzelte. Schade, dass ich das Buch damals nicht zu Ende geschrieben hatte, da war mir wohl ein Bestseller durch die Lappen gegangen.

Und dann schrieb ich, ohne nachzudenken: „Über das Alleinsein. Das All-ein-sein. Alles ist in uns drin, jeder von uns ist für die Erde ein Gewinn."

Ich schmunzelte über meinen billigen Reim. Erst jetzt fiel mir auf, woraus sich „Alleinsein" semantisch zusammensetzte.

Aber wie kam ich zu diesem All(-es), das in mir steckte?

TAG 5

Fünf Uhr.

Erstens: Danke, dass ich aufgewacht bin. Zweitens: Danke für gestern Abend. Drittens: Danke für neue Gedanken. Viertens: Danke, dass bereits alles in mir ist.

Anders als sonst entschied ich mich heute, nicht zum Morgenyoga zu gehen. Ich spazierte ins Freie und blickte ins Morgenrot. Das rot-goldene Farbspiel verzauberte mich. Ich nahm einen tiefen Atemzug der kühlen, frischen Luft.

„Heute bin ich bereit für Wundervolles", flüsterte ich in die Ferne und entdeckte das Wunder, das in dem Wort steckte. Glückselig spazierte ich nach drinnen und schnappte mir eine Matte. Ich durchlief einige Sonnengrüße mit Blick auf die Fensterfront und schloss mich der Gruppe erst um sieben Uhr für die Meditation an.

Nach dem Mittagessen.

Ich hatte wieder edel in der Küche gearbeitet-gearbeitet und spazierte anschließend durch den Wald.

Neugierig probierte ich an der nächsten Kreuzung einen mir unbekannten Weg aus. Sonnenstrahlen ließen den Schnee funkeln. Je weiter ich ging, desto zufriedener wurde ich.

Erschrocken blickte ich nach einer Weile auf die Uhr. Es war bereits knapp vor zwei! Hastig wollte ich zurück, doch wem machte ich etwas vor? Zur Nachmittagsmeditation würde ich es nicht mehr schaffen. Ich entschied mich also dafür, weiter in den Wald hineinzugehen; jetzt war es nebensächlich, wann ich zurückkommen würde. Ein Lächeln bewegte meine Lippen.

„Endlich habe ich Zeit für mich", dachte ich und lachte ob der Ironie, doch bereits vier Tage mit Zeit nur für mich verbracht zu haben.

Ich sah den Schnee glitzern, mein Lächeln wurde breiter und meine Gedanken fröhlicher. Mein Gehirn machte sich selbstständig und die unterschiedlichsten Ideen für meine Zukunft prasselten in meinem Kopf umher wie Popcorn im Topf.

„Ich könnte meinen Job kündigen, eine Yogareise nach Indien machen und ein Buch darüber schreiben!", schoss es mir ein. Später würde ich als Bestsellerautorin und Yogalehrerin um die Welt reisen. Außerdem konnte ich Rohkost-Kochkurse geben. Wenn die Welt da draußen einmal von meinem *No-bake Chocolate Cake* gekostet hätte, würde sich mein Kochkurs wie warme Semmeln verkaufen. Dann war es nur eine Frage der Zeit, bis ich den Richtigen finden, Kinder gebären und wie ein Honigkuchenpferd lächelnd auf meiner Veranda sitzen würde. Genau so würde ich es machen. Meine Gedanken waren nicht mehr aufzuhalten und ich ließ, von Glück durchströmt, einen lauten Jubelschrei los.

Am liebsten wollte ich auf der Stelle meinen Chef anrufen, kündigen und loslegen. Allein der Gedanke daran verlieh mir Gänsehaut.

Es war die beste Idee gewesen, die Nachmittagsmeditation auszulassen und zu schummeln. Ein Hoch auf die Eigenständigkeit, fern von allen Prinzipien!

Zurück im Zentrum.

Ich schnappte mir den Block meiner Zimmernachbarin und krakelte drauflos. Dabei schüttelte ich den Kopf über mich, dass ich sie anfangs so pedantisch für ihr Verhalten abgewertet hatte. Wer brauchte schon Regeln, wenn man ohne sie viel besser lebte? Feurig verschriftlichte ich meine Ideen und hielt sie in kleinen Zeichnungen fest.

„Romane veröffentlichen, Kochkurse leiten, daaaaaaaaanke, reisen, Ausbildung zur Yogalehrerin, als Yogalehrerin erfolgreich sein, Bestseller publizieren, danke – danke – danke, juhu, endlich ist es so weit!“, stand nun auf dem Blatt neben skizzierten Büchern, Yogaposen und fröhlichen Smileys.

Ich konnte mich nicht erinnern, wann ich zuletzt solche Freude in mir gespürt hatte. Heute war endlich mein Tag. Der lang ersehnte Tag, auf den ich schon wochen-, wenn nicht gar monatelang gewartet hatte. Schmunzelnd schrieb ich *Mein Tag* als Überschrift auf die nächste Seite. Meine Freude und Kreativität ließen sich nicht mehr aufhalten und ich schrieb weiter: „Und dann klopft er an, der Tag.“ Ich lächelte wieder, bei meiner Euphorie bekam ich doch tatsächlich Lust zu dichten (und das, obwohl meine Deutschlehrerin nie besonders begeistert von meinen lyrischen Werken gewesen war). Also schrieb ich vergnügt weiter:

„Der Tag, mein Tag, einfach ein Tag, der wird zu meinem Tag. Und sagt mit lauter, mächtiger Stimme, was zu tun ist. Was ich machen will, was mir Freude bereitet und wohin die Inspiration mich leitet, wie ich höher schwing, aus meinem Inneren sing, was Lachen verbreitet und mich mit Sinnhaftigkeit begleitet. Was mich auf Glücksgefühlen schaukeln lässt, was nie mehr mein Herz verlässt, was meine Passion und Leidenschaft ist, was all den Ärger auf Nimmerwiedersehen vergisst. Was mich springen lässt, singen lässt, vor Freude weinen und dann wieder einfach nur losgehen lässt.

Der Tag. Mein Tag. Einfach ein Tag.

Ein Tag, an dem ich meiner Herzensstimme folg. Nich mehr dran denke, was eigentlich zu machen wäre, schaffen wäre, weil's die anderen ja auch alle so handhaben, in ihrer Hand haben. Meine Hand will sie haben, meine Hand will haben, Kontrolle haben. Kontrolle haben über das Leben, wo es hinführt, wie es sich anfühlt, wann es laut ist, wann leise, wann es loslegt, wann stillsteht.

Doch dann kommt der Tag. Einfach ein Tag. Mein Tag.

Ein Tag, an dem ich aufgeb. Endlich den Dingen seinen Lauf geb. Meine Hand mal aus allem rausgeb. Mich in das Nichts fallen lass und mich endlich auf das Leben verlass. Dann hat der Tag Kraft, mir seine Richtung zu zeigen, nach einmal kurz schweigen, wird er mir all die Wege aufzeigen. Das Ende des bloßen Strebens, um Fehler zu vermeiden. Einmal Menschsein, Menschsein ohne Perfektionsschein. Loslassen, treiben lassen, fallen lassen, sich auf das Leben verlassen. Sich vom Strom treiben zu lassen – ohne ständig gegen den Strom zu schwimmen, auf Wellen reiten – ohne sich zum Nichtstun zu verleiten, fallen lassen – ohne den Kopf hängen zu lassen, loslassen – ohne sich selbst aus den Augen zu lassen.

Und dann kommt der Tag. Einfach ein Tag. Der Tag, der wird zu meinem Tag. Und ich erkenn, der Tag braucht mir nicht zu sagen, was zu machen ist, was mir Freude bereitet, wohin die Inspiration mich leitet, wie ich höher schwing, aus meinem Inneren sing, was Lachen verbreitet und mich mit Sinnhaftigkeit begleitet, was mich auf Glücksgefühlen schaukeln lässt, was nie mehr mein Herz verlässt, was meine Passion und Leidenschaft ist, was all den Ärger auf Nimmerwiedersehen vergisst.

Der Tag sagt eigentlich nichts. Er ist ganz stumm, so wie alles um ihn herum, er war und ist einfach nur da, doch erst jetzt nehm ich mein Innerstes wahr und ich erkenn, dass so ein Tag jeden Morgen für mich aufs Neue aufbrennt."

Verwundert blickte ich auf die geschriebenen Zeilen. Wo war denn das gerade hergekommen? Das Schweigen gab kreativen Prozessen wohl einen Extra-Boost.

Zu schreiben war ab sofort mein favorisierter Kommunikationsstil, im gesprochenen Wort hatte ich mich ohnehin nie gut ausdrücken können.

„Jedenfalls gut zu wissen, dass jeder Tag mein Tag ist", dachte ich zufrieden. Ich war sogar zu gut gelaunt, um meiner ehemaligen Deutschlehrerin einen Beschwerdebrief über ihre schlechten Beurteilungen zukommen zu lassen. Das war mir jetzt alles egal. Heute war mein Tag und von nun an würde es meiner bleiben.

Auch während der Abendmeditation saß ich grinsend auf meinem Kissen. Das Leben lag vor mir und ich konnte es nicht erwarten, loszuleben. Wie lange es wohl dauern würde, ein Buch zu schreiben, denken-denken?

Ich würde diesen Sommer schon nach Indien

reisen können und mit dem Roman loslegen. Im Herbst würde ich Verlage kontaktieren, so lange würde das sicher nicht dauern. Andererseits sprach auch nichts dagegen, bereits jetzt mit einem Buch zu starten. Aber worüber? Denken-denken.

Vielleicht sollte ich mit einem Kinderbuch beginnen. Wer brauchte schon einen Mann, der einem Kinder bescherte, wenn man für alle Kinder dieser Welt schreiben konnte?

„... oder zumindest für alle deutschsprachigen Kinder dieser Welt", fügte ich gedanklich hinzu.

Aber wer wusste es schon – vielleicht würde das Buch in alle möglichen Sprachen übersetzt werden? Ich überlegte weiter.

Wovon sollte die Geschichte handeln? Pampers-Zeiten lagen zu weit zurück, aber an die Schulzeit konnte ich mich gut erinnern. Daran zurückdenkend fiel mir kein anderer Titel als *Susis Leiden* ein. Zugegebenermaßen bedurfte es für ein Kinderbuch wahrscheinlich eines fröhlicheren Plots als ein Mädchen, das wegen ihres Ballettgewandes von ihren Skateboard fahrenden Mitschülern gemobbt wurde. Besser war etwas Frohes, *Emils Abenteuer* zum Beispiel. Ja, das war es! Ich konnte von all den Ereignissen schreiben, die Emil auf dem Schulweg mit seiner Freundin Luise erlebte.

Nachts.

Aufgeregt lag ich im Bett und konnte nicht einschlafen. Der Euphorie und Rebellion wegen hatte ich meine Trink-niemals-nie-Kaffee-Sabinchen-das-macht-dich-zu-aufgewühlt-Regel vernachlässigt. Das war es mir aber wert. Diese Nacht wurde eben auch zu meiner Nacht. Mein Körper wurde von Glückshormonen durchströmt. Ich sah mich schon in einer Hängematte liegen und stirnrunzelnd an einem neuen Bestseller schreiben, während mein Mann gerade von der Arbeit nach Hause kam und mich auf die Stirn küsste. Erleichtert atmete ich auf. Im Grunde genommen war es mir auch egal, wohin meine Reise führte. Wichtig war mir das Gefühl, das ich dabeihatte, und das Gefühl der Inspiration gefiel mir so viel besser als alles, was ich bisher kannte.

TAG 6

Morgens-aufwach-weck-Gong.
Erstens: Danke für Inspiration. Zweitens: Danke für Schreiben. Drittens: Danke für Yoga. Viertens: Danke für Reisen.

Auch heute entschied ich mich dafür, Morgenyoga auszulassen und nach draußen zu gehen. Kaum zu glauben, dass bereits der vorletzte Tag angebrochen war. Mittlerweile hatte ich mich an den Alltag hier gewöhnt. Die Zeit für mich morgens und nach dem Essen im Wald gab mir Kraft für die Konzentration während der restlichen Meditation. Am Nachmittag spürte-spürte ich sogar Wehmut, dass bereits das Ende der Woche vor mir lag, und in den Meditationseinheiten bemerkte ich eine angenehme Ruhe in mir. Mir fiel es leichter, zentriert zu sein, und ich dachte-dachte nicht mehr ständig, sondern verstand es endlich zu meditieren-meditieren (zumindest ein Stück weit).

Nach dem Abendessen.
Der Abend stand im Zeichen des Abschieds. Anstatt der Abendmeditation trafen wir uns zu einer Zeremonie.

Der Holzboden vor Buddha war mit einem wunderschönen Mandalamuster aus Kerzen und Blumen geschmückt. Yogini-Oma begrüßte uns in festlichem Gewand. (Ich zuckte zusammen: Hätte ich doch ebenfalls meine Yogahose gegen etwas Schickes eingewechselt! Aber wie Papa stets sagte: „Du wirst noch in diesen Hosen begraben werden, was, Sabinchen?“)

Erst sangen wir miteinander, dann zündete jeder eine Kerze an und teilte dabei eine Erkenntnis aus seiner Woche mit.

„Alles steckt in uns drin“, sagte ich triumphierend und platzierte die Kerze auf dem orangefarbenen Teil des Mandalas.

Wir fassten uns an den Händen und gaben uns Wünsche mit auf unsere Wege.

„Mut zu Mutausbrüchen!“, wünschte mir Yoga-Girlie und strahlte mich an. Ich bekam Gänsehaut. Genau das brauchte ich jetzt.

TAG 7

Letzter-Schweigemorgen-Gong.
Erstens: Danke, dass ich die Woche geschafft habe. Zweitens: Danke, dass ich ab morgen wieder bis sieben Uhr schlafen darf. Drittens: Danke, dass ich heute wieder sprechen darf. Viertens: Danke, dass schlechte Zeiten vorbeigehen und die guten jetzt auf mich zukommen.

Nach einigen tiefen Atemzügen an der frischen Luft und anschließenden Sonnengrüßen machte ich mich ein letztes Mal auf den Weg zur Morgenmeditation.

Spüren-spüren. Nach zehn Minuten begannen meine Füße wieder einmal zu kribbeln. Doch nach einigen fokussierten Momenten und diversem Denken-Denken war auch die letzte Meditationseinheit geschafft. In der Klarheit meines Geistes gab es zweifelsohne Raum nach oben, doch ich konnte die Heimreise und das Umsetzen meiner Ideen kaum noch erwarten.

Freudig marschierte ich zum Frühstück und summte unseren Song vor mich hin. Dieses Licht wollte ich mir mit in mein Stadtleben nehmen. Ich lachte über meine anfängliche Skepsis.

Der letzte edle Dienst.
Ich hatte mich dafür eingetragen, die Scheune zu fegen. Yoga-Girlie stand schon mit Schaufel und Besen bereit, wir teilten uns die Arbeit. Ich schnappte mir einen Besen und marschierte mit ihr nach draußen. Während

ich vor mich hinarbeitete, konnte ich nicht anders: Ich musste Yoga-Girlie von meinen Ideen erzählen. Wir hatten endlich die Erlaubnis bekommen zu sprechen und ich wollte meine Erfahrungen mit jemandem teilen.

„Go for it, mach es einfach!", entgegnete mir Yoga-Girlie begeistert.

Sie erzählte mir, wie sie vor einigen Jahren ihr nachhaltiges Modegeschäft eröffnet hatte.

„Eines muss ich dir noch mit auf den Weg geben: Die ersten fünf Sekunden einer Idee sind die wichtigsten. Danach kommt nichts Vernünftiges mehr. Dann kommen nutzlose Stimmen des Zweifels. Das Ego hat bloß Angst vor dem Unbekannten und will dich davor schützen. Am liebsten ist es ihm, wenn alles beim Alten bleibt. In seiner Angst wird es kreativ und findet die verrücktesten Gründe, warum du scheitern wirst. Also hör nicht darauf! Wenn du immer nur den ersten fünf Sekunden Beachtung schenkst, kannst du alles schaffen. Und mit ‚alles' meine ich ALLES! Ich habe da so eine Theorie, dass das die kurze Zeit ist, in der wir unseren Seelenweg klar hören. Alles andere ist totaler Schwachsinn, lediglich erlernte Glaubensmuster. Nachdem Angst wie Käse riecht, nenne ich die Angststimmen auch gerne *FM Käse-Kanal*. Wenn dieser Sender an ist, musst du zusehen, dass du schnell wieder umschaltest und zu einem fruchtbareren Kanal wechselst, dem *FM Kokos-Kanal* zum Beispiel. So nenne ich die Stimmen der ersten Sekunden einer Idee. Es ist nicht immer leicht, diesen Kokosstimmen zu folgen, doch wenn du die erste dicke Schale des Selbstzweifels und störenden Gedankenguts einmal geknackt hast, dauert es nicht mehr lange und du dringst zum süßen Wasser, dem Flow des Lebens vor."

Ich lachte auf. Das musste ich mir merken! Voller Vorfreude auf die Umsetzung meiner Ideen bedankte ich mich bei Yoga-Girlie für ihren Zuspruch. Von ihrer Erfahrung konnte ich einiges lernen. Ich schüttelte den Kopf darüber, wie genervt ich in der vergangenen Woche von ihrer Art gewesen war. Womöglich stimmte etwas an Annikas Theorie, dass wann immer wir neidisch auf Eigenschaften anderer Personen sind, wir diese Eigenschaften bereits in uns tragen und sie bloß darauf warten, von uns gelebt zu werden. An dieser Stelle also ein herzliches Willkommen der Freude, Leichtigkeit und Schönheit in meinem Leben!

Ich erinnerte mich zurück an meinen anfänglichen Wunsch, meinen Seelenweg zu finden. „Dem bin ich nach dieser Woche ein Stück nähergekommen", dachte ich und lächelte zufrieden.

Beim Mittagessen.

Ich war vollkommen überfordert von meinen ursprünglich schweigsamen Mitmenschen und der Reizüberflutung, die nun auf mich einprasselte. Jeder schnatterte durch die Gegend und ich wusste nicht, ob ich mich auf Gespräche oder das Essen konzentrieren sollte. Ich war schon immer der Meinung gewesen, dass Multitasking mindestens eine Task zu viel ist, doch nach dieser Woche der Ruhe fühlte ich mich bei dem Stimmengewirr so fehl am Platz wie ein Hase bei einem Heavy-Metal-Konzert.

Mich unter Gruppendruck fühlend fragte ich mein Gegenüber, wie die Zeit für sie gewesen sei. Im selben Atemzug bereute ich die Frage. Ich wollte mich viel lieber schweigsam meinem Polenta-Auflauf widmen.

Wir wechselten ein paar Worte des Smalltalks. Herr

Wollsocke klinkte sich ins Gespräch ein und ich mich aus. Meine sozialen Macken waren auch nach dieser Woche merklich unverändert.

Mit gemischten Gefühlen machte ich mich ans Kofferpacken. Es war Zeit, mich von dieser Blase zu verabschieden.

Was nun wohl auf mich zukommen würde?

„Bitte lass meine bunten Gedanken in der grauen Stadt nicht verschwinden“, flüsterte ich leise.

Ich legte die Wollsocken in den Koffer und klappte ihn zu. Alles war bereit für die Abreise. Die Welt wartete auf mich. Mit einem Lächeln verließ ich das Zimmer und flüsterte: „Danke.“

Reisen

Drei Monate später

Ich saß auf dem Dach meines Wohnhauses, blickte auf das Städtchen, in dem ich lebte und fragte mich, wo sie hin war, die Inspiration. Zum Schreiben hatte mir, seit ich zurück war, die Zeit gefehlt. Ach was - mir hatte das Happy End gefehlt. Ob Leben tatsächlich so war: Immer wieder in einem Retreat unterzutauchen, um sich für den Alltag über Wasser zu halten? Das konnte es doch nicht sein. Dafür waren mir meine bevorstehenden 57 Jahre (ich wollte mindestens so alt werden wie Yogini-Oma und wie sie auch dann noch Yoga-Retreats leiten) ein deutlich zu langer Zeitraum.

Freitagabend.
Ich spazierte mit Annika von einer Meditationseinheit nach Hause. Während jener Stunde hatte ich bemerkt, dass Annika durchgehend im Lotussitz gesessen hatte. Zugegebenermaßen hatte ich (wieder) geschummelt und durch den Raum geschaut. Denken-Denken war in der Stadt nicht gerade einfacher.

„Ich habe einmal gehört, dass man vom Lotussitz Krampfadern bekommt", meinte ich neidisch zu ihr.

Annika prustete laut los. Sie kannte mich zu gut und nahm mein Gepiekse nicht ernst.

Ich spürte-spürte eine Welle von Scham in mir

hochkommen. Wann war ich diese verbitterte Yogatante geworden, dass ich solche Äußerungen von mir gab? Ich erinnerte mich an das Ende des Schweigerückzugs und an die Kraft, mit der ich damals nach Hause gekommen war.

„Das kann es doch nicht gewesen sein. Eben fühlte ich mich noch halb erleuchtet und jetzt hat mich wieder der Alltagstrott verschlungen, sodass ich nicht einmal mehr inspiriert genug dafür bin, mir zu überlegen, was ich mit meinem Leben anfangen soll. Ganz zu schweigen davon, dass ich die Kraft hätte, es auch tatsächlich umzusetzen", jammerte ich, zuhause angekommen, Annika frustriert vor. Wir hatten ursprünglich vorgehabt auszugehen, aber bei meiner Laune war eine Pyjamaparty die einzige Party, die für mich in Frage kam. Also hatten wir unsere Pläne angepasst und ich Annika auf eine Tasse heiße Schokolade zu mir eingeladen.

„Da muss es doch noch mehr als Alltagstrott und dieses ‚eigentlich ganz gute Leben' geben, oder etwa nicht? Sind wir bloß dafür da, um da zu sein?", fragte ich sie.

„Weißt du, Sabinchen", entgegnete mir Annika, „ich habe einmal beschlossen, dass, wann immer ich denke, dass es mehr geben müsste, es das auch geben wird. Ansonsten würde dein Inneres ja gar nicht zu der Annahme kommen können, dass dein Leben noch etwas mit dir vorhat. Woher sonst solltest du die Vorstellung von dem Mehr gewinnen? Bloß von der Gesellschaft? Ich denke nicht. Wenn du dein volles Potenzial lebst, ist es dir egal, wenn jemand anderes fünf Avocados, zehn Bananen und hundert Erdbeeren mehr als du hat. Wenn du denkst, es gibt noch mehr für dich, gibt es das auch."

Ein wenig zerknirscht und hoffnungsvoll blickte ich sie an. Nur ein halbes Jahr älter als ich und gefühlte zwanzig Jahre weiser, aber eine Haut wie zehn Jahre jünger. Wie war das möglich?

Die Frage, wie Annika das machte, hatte ich mir schon in der fünften Klasse gestellt, als ich Woche für Woche ihre Hausarbeiten abgeschrieben hatte. Während ich jetzt wie die heiße Schokolade in mir zerrann, führte Annika eine glückliche Partnerschaft, war zufrieden im Job und konnte obendrein problemlos eine Stunde im Lotussitz verweilen.

„Und wie geht es jetzt weiter?", fragte ich.

„Du musst eben spüren, was du tief in dir wünschst - und damit meine ich nicht einen Schoko-Smoothie von *Michis Saftladen*, Sabine. Du musst tiefer in dich reinhören und dann losgehen, Schritt für Schritt handeln. Jeder Tag ist ein Tag näher zu dir. Wahrscheinlich ist es manchmal abenteuerlich und turbulent, deinen Weg zu gehen, aber es wird sich richtig anfühlen, da bin ich mir sicher!"

„Dann bin ich mal gespannt, was noch kommen darf", sagte ich seufzend.

Später.

„Ich habe Lust auf sowas wie ein Date", meinte ich.

„Dann mach doch, melde dich bei einer Dating-App an! Es wird ohnehin Zeit, meinst du nicht?", entgegnete Annika erfreut.

Entgeistert blickte ich sie an. Ich hatte zwar Lust, mit Männern in Kontakt zu treten, ein Flirt hier und da wäre in der Tat nett, aber ich würde mich doch nicht auf einer Plattform zur Schau stellen, als wäre ich ein neues hippes Modeshirt (okay, vielleicht meinte ich es mit „neu“ etwas zu gut)!

„Nein, Annika, das will ich nicht, ich habe Lust auf die Dating-App des echten Lebens, ohne Smartphone. Gibt es so etwas heutzutage noch?“

„Schon, aber dafür müsstest du endlich die Yogaleggings gegen etwas weniger Verschwitztes austauschen. Lass uns doch tanzen gehen!“, lachte sie.

Ich überlegte den Bruchteil einer Sekunde und wog die Chance ab, inmitten eines viel zu überladenen Clubs einen ansprechenden Mann kennenzulernen, schätzte den voraussichtlichen Kater am nächsten Tag ab und antwortete entschieden: „Nö, so wichtig ist es mir auch nicht mit den Männern. Die Yogaleggings bleiben, wo sie sind.“

Äpfel sind Äpfel und keine Avocados

Am Montag bei der Arbeit.
Erschöpft verließ ich das Meeting mit meinem Chef. Er hatte mir deutlich erklärt, dass die Zahlen nicht passten. Meine Lust auf *mehr* wurde heute also stark in eine Lust auf *anderes* transformiert. Ich war wie erschlagen und bereit für die abendliche Yogastunde. Mies gelaunt packte ich meine Sachen zusammen.

Wie lange ich heute die Krähe (*Bakasana*) wohl würde halten können? Vermutlich nicht lange. Wie sollte es auch möglich sein, bei meinem inneren Ungleichgewicht äußeres Gleichgewicht zu finden?

Es klopfte an meiner Bürotür. Ich zuckte gedankenverloren zusammen. Wer wollte um diese Uhrzeit noch etwas von mir? Stirnrunzelnd blickte ich auf.

Joe aus der Gemüseabteilung kam herein. Was wollte der denn hier? Die Wochenlieferungen waren längst abgeschlossen, ich hatte bereits unterschrieben. So spät war er montags gewöhnlich nicht mehr da.

„Sabine, hast du mal eine Sekunde?“, fragte er zögernd.

„Ja, klar, komm rein“, antwortete ich redundanterweise, stand er doch bereits im Raum.

„Ich wollte dich nur fragen, ob du Lust hast, einmal einen Yogi-Tee trinken zu gehen oder sowas. Das neue

Ayurveda-Tee-Café wollte ich schon ewig ausprobieren", brabbelte Gemüse-Joe leicht unbeholfen.

Das schmeichelte mir. Was dazu führte, dass ich errötete. Da hatte ich erst am Freitag zu Annika gemeint, flirten zu wollen. Aber mit Gemüse-Joe? Das war mir bisher nicht in den Sinn gekommen.

Ich hielt einen Moment lang inne und musterte ihn verstohlen. Er war groß und hatte dunkle Haare. Sein T-Shirt umspielte locker seine Muskeln. Verwundert fragte ich mich, warum mir das noch nie aufgefallen war.

Es konnte Schlimmeres geben, als Gemüse-Joe zu daten. Ich willigte also ein und wir verabredeten uns für Samstagnachmittag auf eine Tasse Tee in der Stadt.

15 Sekunden. Genau 15 Sekunden lang konnte ich mich in der Krähe halten und somit ein Drittel der Dauer, die der YouTube-Instruktor in der Pose blieb. Ich schnaubte. Wann kam endlich die Entspannung, *Savasana*? Bei den anstrengenden Positionen verstand ich, warum das Endentspannungs-Asana ins Deutsche übersetzt „Leichenhaltung" heißt.

Wie wohl das Date mit Gemüse-Joe laufen würde? Vielleicht war er die lang ersehnte Erlösung meines Beziehungsfluchs, denken-denken. So oder so: Es konnte mir bestimmt nicht schaden, auf neue Gedanken zu kommen. Trotzdem wunderte es mich, warum mir Joe vorher nicht aufgefallen war.

„Vielleicht gibt es auch Liebe auf den zweiten Blick", sagte ich mir.

„Oooooomm." Meine Gedanken wurden vom kräftigen Stimmvolumen des Instruktors unterbrochen, der das Ende der Einheit ankündigte.

Ich klickte auf „Abonnieren". Sollte es mit Gemüse-Joe nichts werden, hätte ich immerhin Quäle-Yogi.

Samstagnachmittag.
Das Date verlief in lockerer Atmosphäre. Joe war witzig und charmant, und was noch viel besser war, war die Art und Weise, wie er mit mir umging. Er vermittelte mir ehrliches Interesse. Zu spüren, wie bemerkenswert er mich fand, streichelte meine Seele ungemein.

Nach dem Tee spazierten wir durch die Stadt.

„Da oben wohne ich", meinte er und deutete auf ein Wohnhaus. Wir hielten an.

„Wollen wir noch bei einem Stück Kuchen weiterquatschen?", fragte er. Seine Schwester hatte gestern Geburtstag gehabt, und davon war ein großes Stück Rohkost-Avocadotorte übriggeblieben (er hatte denselben Geschmack wie ich, war das ein Zeichen?!).

Wie konnte ich mir dieses Angebot entgehen lassen? Natürlich kam ich mit.

Die Torte war köstlich. Wir saßen auf der Terrasse und genossen den Sonnenuntergang. Ich entspannte mich und ließ die Eindrücke des Nachmittags sacken. Die Zeit mit ihm war schön gewesen; seit Monaten hatte ich nicht mehr so herzhaft gelacht, wie ich es heute getan hatte.

Irgendetwas vermisste ich aber. Wohin war dieses Kribbeln verschwunden, das ich in mir getragen hatte, als ich mich für unser Date aufgehübscht hatte? Ich konnte nicht herausfinden, wann und vor allem wohin es gegangen war. Gehörte denn nicht gerade das zum ersten Date dazu? Schmetterlinge leben nicht ewig, aber wenigstens das erste Date sollten sie durchhalten.

Enttäuschung machte sich in mir breit. Meine Gedanken wanderten zum ersten Date mit *ihm*, als ich so sicher gewesen war, dass *er* der Eine sein würde. Bei der Erinnerung an unseren ersten Kuss breiteten sich meine Lippen zu einem großen Lächeln aus: Es hätte eine Hollywood-Filmszene sein können – Feuerwerke waren dabei explodiert.

Die Teller klirrten. Gemüse-Joe schob das Geschirr beiseite und berührte dabei absichtlich unabsichtlich meinen Unterarm. Mein Körper ließ einen Jubelschrei los und das Kuschelhormon Oxytocin feierte sein Revival. Aber dennoch, es war nicht dasselbe wie damals, als *er* absichtlich unabsichtlich bei mir angekommen war. Wobei – wenn ich mich genau daran erinnerte, war ich diejenige gewesen, die absichtlich unabsichtlich *seinen* Arm gestreift hatte ...

Ich grinste wieder und blickte in die Ferne. Die Schmetterlinge von damals flatterten in mir umher (also überlebten sie doch recht lang ... interessant).

Gefühlsduselig lächelte ich und bemerkte erst jetzt, wie sich Gemüse-Joe zu mir nach vorne geneigt hatte. Was sollte das denn jetzt? Er näherte sich weiter und langte mit seiner rechten Hand nach meinem Hinterkopf. Hatte er die Stille als romantische Aufforderung verstanden? Erschrocken riss ich meine Augen auf, seine waren geschlossen. Es würde nur noch den Bruchteil einer Sekunde dauern, bis seine Lippen meine träfen.

Ich räusperte mich unbeholfen und ging in lautes Hüsteln über. Gemüse-Joe wich zurück.

„Ein Kuchenkrümel hat sich in meine Luftröhre verirrt", erklärte ich etwas bemüht.

Gemüse-Joe zog die Augenbrauen hoch und nickte

irritiert. Peinliche Stille folgte. Ausweichend blickte ich in die Dämmerung.

„Joe, es tut mir leid, aber du bist, ich meine, du bist nicht …", unterbrach ich das unangenehme Schweigen.

„Du bist eben nicht *er*", beendete ich den Satz in Gedanken.

„Mir geht das gerade alles zu schnell", nuschelte ich hastig.

Ich fügte hinzu, dass es schon spät sei, ich morgen in aller Früh zum Morgenyoga müsse und es nicht an ihm läge.

„Wir haben alle Zeit der Welt", versuchte Gemüse-Joe großherzig, mich zu beruhigen. Ich lächelte verglommen.

Ich schlüpfte hastig in meine Ballerinas, wir verabschiedeten uns mit einer Umarmung und ich schusselte aus seiner Wohnung.

Ich war verwirrt und enttäuscht. Mein Plan für Dates war es gewesen, *ihn* zu vergessen und nicht, noch mehr an *ihn* zu denken.

Hatte ich etwas falsch gemacht? Vielleicht kam dieses verliebte Kribbeln noch und ich sollte Joe und mir eine zweite Chance geben. Oder wir mussten beim nächsten Date Aufregenderes unternehmen, dann würden die berauschenden Gefühle vielleicht folgen. Außerdem hatte ich zu viel Kuchen gegessen, da war kaum Platz für Schmetterlinge in meinem Bauch gewesen.

Montag im Büro.

Ich hatte das Wochenende mit viel Denken-Denken verbracht und war zum Schluss gekommen: Kribbeln konnte man sich nicht herbeizaubern. Entweder es war da oder eben nicht. Bevor ich etwas Lauwarmes starten würde, blieb ich lieber in der Kälte, um danach die Hitze besser spüren zu können.

„Mahlzeit!“, grinste mir Joe entgegen.

Wir machten uns gemeinsam auf den Weg in die Cafeteria.

„Ich habe Samstag sehr genossen“, startete er ein Gespräch.

Ich nickte und stocherte in meinem Frühlingssalat herum. Wohin war mein Mut verschwunden?

„Hast du Lust, nächstes Wochenende an den See zu fahren?“, schlug er vor.

Ich zögerte einen Moment.

„Joe, ich mag dich wirklich gerne. Der Samstag war auch für mich sehr schön und vor allem lustig. Danke noch einmal für alles.“

Gemüse-Joe lächelte mich mit seinen Braunbär-Augen an.

„Aber“, ich wusste nicht, wie ich weitermachen sollte und holte aus, „ich mag auch Äpfel sehr gerne. Ich könnte jeden Tag welche essen und doch liebe ich Avocados.“

Gemüse-Joe schaute mich komplett irritiert an.

„In einen Apfel zu beißen, wird sich nie so anfühlen, wie sich Avocado-Fleisch auf der Zunge zergehen zu lassen.“ Ich empfand den Vergleich als hervorragend gelungen und wurde energisch: „... und zu spüren, wie es in diesem Moment nur mich und diese Avocado gibt, wie sich ihr Fruchtfleisch perfekt an die Form meiner Zunge anpasst und wie weich und zart es sich an meinem Gaumen ausbreitet.“

Mit jedem Wort sackte Gemüse-Joe ein Stück tiefer in seinem Stuhl zusammen.

„Alles klar, ich habe verstanden ... bei unserem nächsten Date nehme ich Avocados mit", witzelte er betont lässig.

Ich blickte zu Boden.

„Also, was ich eigentlich damit sagen wollte ...", hob ich erneut an.

„Hey, Sabine, ich hab schon verstanden. Ich bin wohl der Apfel, was?", unterbrach mich Joe schulterzuckend.

Ich brachte keinen vernünftigen Satz über meine Lippen.

„Mach dir keinen Kopf", nahm er mir das Gefühl, mich weiter erklären zu müssen, und fügte hinzu: „Eins muss ich dir aber sagen: Du bist eine echt coole Braut."

Ich atmete auf.

„Danke, du auch! Also Kerl. Also, du bist keine Braut, du bist ein Kerl", stammelte ich und lächelte zerknirscht.

Erleichtert machte ich mich auf den Weg in mein Büro. Endlich war die Sache vom Tisch. Außerdem war ich auch ein wenig stolz auf die elegante Metapher, die mir eingefallen war, wenn auch meine linguistische Kompetenz gegen Ende rapide abgenommen hatte.

Am Abend.

„Und, wie läuft's mit Emil?", wollte mich Annika auf andere Gedanken bringen, nachdem ich ihr betrübt von meiner Kurzzeitromanze erzählt hatte.

„Welcher Emil?", fragte ich scheinheilig. Ich wusste genau, was sie meinte.

„Na, der Junge aus dem Kinderbuch, das du nach deinem Schweigeaufenthalt schreiben wolltest. Weißt du nicht mehr?"

Natürlich wusste ich es.

„Emil? Wie soll es ihm schon gehen? Tagtäglich geht er in die Schule, ist gefangen in einem System. Der muss doch einmal was erleben, Annika! Draußen spielt sich die Welt ab, nicht zwischen Mathematikunterricht und Sachkunde. Luise, seine Freundin, spricht gerade nicht mit ihm. Sie meint, er müsse sich erst einmal selbst finden, bevor er sie beim Versteckenspielen suchen darf."

Annika lachte laut auf.

„Ach, Annika, ich glaube, das wird nichts mit meiner Karriere als Kinderbuchautorin", murmelte ich matt. „Vielleicht sind wir doch bloß dazu da, um zu arbeiten, Kinder zu kriegen und uns mit Medienkonsum vom seelischen Mangelgefühl abzulenken." Mal abgesehen davon, dass mir zum Kinderkriegen das passende Gegenstück fehlte.

„Sabine, du meintest, da gibt es noch mehr, also gibt es das auch! Geh endlich los und dem nach, was in dir ist", konterte Annika in beharrlichem Tonfall, den ich sonst nur von ihr kannte, wenn sie mich davon überzeugen wollte, dass *Nero* das beste Eis von *Vegan-Gelato* war (übrigens vollkommener Quatsch: *Cashewdream* blieb die Nummer eins).

Gedanken denken oder Leben leben?

Später.
„Nur das Denken, das wir leben, hat einen Wert", las ich in Hermann Hesses Werk *Demian*.

Ein warmes Kribbeln stieg in mir auf. Wie recht er doch hatte. Die Zeilen unterstrichen Annikas Worte. Ich musste mich meinen Gedanken endlich stellen und aufhören, sie auf morgen zu vertagen. Ich müsse endlich losgehen, hatte sie gesagt. Doch wie ging das?

Wie immer, wenn ich nicht weiterwusste, nahm ich einen Block zur Hand und schrieb gedankenverloren „Losgehen" in die erste Zeile. Wo wollte ich hin?

„In Richtung Freude wäre schön", dachte ich lächelnd und begann zu schreiben:

„Lasst uns doch mal Richtung Freude lenken, dem Schönen mehr Beachtung schenken. Dorthin, wo wir das Kind in uns sehen, wo Robin Hood und Marian auf Entdeckungsreise gehen. Denn wo wir aus Freude handeln, lassen sich Herzenswünsche in Tatsachen wandeln. Also lasst doch mal für diese Herzenswünsche losgehen, dorthin, wo wir die Bestimmung sehen. Wofür unser Herz erstrahlt und dadurch die vielen Wege aufmalt. Und der Strahl fungiert als helles Licht, er klärt uns in verkopften Stunden die Sicht.

Ja und wo ist gerade dieses Strahlen?

Den Funken nach und nicht den Qualen. Also lasst uns doch mal für unser inneres Leuchten losgehen, dorthin, wo wir uns am hellsten sehen. Wo wir die Hoffnung auf unsere Träume nicht verlieren, auch wenn wir bisweilen im Dunkeln irren. Denn wo viel Schatten, da auch viel Licht, dies verleiht dem vermeintlichen Mangelgefühl in traumlosen Nächten ein neues Gesicht. Also lasst uns doch mal beiden Seiten ihre Beachtung geben, nicht nur im Traum sind wir vollständig und genug für das Leben.

Und wo ist gerade dieser Traum?

Geben wir ihm auch tagsüber genügend Spielraum. Also lasst uns doch mal für unsere Träume losgehen, dorthin, wo wir uns im Ganzen sehen. Wo wir den Kopf niemals senken und heute mal ins Unendliche denken. Und wo zudem mutige Schöpferkraft erwacht, werden Träume zu Realitäten gemacht. Also lasst doch mal für diesen Mut losgehen, dorthin, wo wir uns in kühnsten Abenteuern sehen. Denn wo unsere innere Stimme nach Veränderung schreit, ist unser Leben für etwas Großes bereit. Und wer weiß, welche Wunder noch geschehen, wenn wir den Weg der Veränderung und Revolution noch heute begehen.

Und wo ist gerade diese Revolution?

Dem Erschaffen nach, ja: der Aktion. Also lasst uns doch mal für das Neue losgehen, dorthin, wo wir die Magie der Veränderung sehen. Wofür wir im Herzen brennen und heute noch tatkräftig auf die Straßen rennen. Denn gemeinsam sind wir die pure Kraft, die jeden Morgen Wunder erschafft. Wunder, von denen wir unseren Kindern mal erzählen, dürfen wir bereits im Heute selbst auswählen. Also frage ich uns: Welche wundervollen Geschichten wollen wir im Morgen berichten? – Alles steckt in uns drin, wir verleihen unserem Leben selbst den Gewinn. Also lasst doch mal losgehen, für das, was wirklich zählt, lasst mal losgehen für unsere Welt."

„Und welche wundervollen Geschichten möchte ich im Morgen berichten?", fragte ich mich schmunzelnd und legte den Bleistift beiseite. Jetzt gab es keine Ausreden mehr: Es war an der Zeit, meine Herzenswünsche zu verwirklichen.

Nach der Yogastunde mit Annika.
„Indien?! Muss es wirklich Indien sein?", fragte Annika entsetzt, als ich ihr von meinem Vorhaben erzählte, endlich loszugehen. Ich wollte nach Indien fliegen, um dort eine Ausbildung zur Yogalehrerin zu machen.

„Du hast doch selbst gesagt, dass man einfach loslegen soll, um sein Inneres zu verwirklichen!", entgegnete ich ihrer schockierten Frage enttäuscht.

„Ja, du hast schon recht, aber ich dachte da viel mehr an einen neuen Pilates-Kurs. Oder vielleicht mal bunte Yogaleggings, nicht immer diese dunklen, schwarzen, Sabinchen. Wir sind hier doch nicht auf einem Friedhof, die tote Taube (*Kapotasana*) heißt nur so."

Ich sagte nichts und blickte sie enttäuscht an. Endlich wollte ich loslegen und dann war die Person, die ansonsten hinter mir stand, auf einmal in meinem Weg.

„Nein, eigentlich hast du recht", murmelte Annika vor sich hin, „eigentlich stimmt das schon. Aber wieso denn gleich Indien? Hast du zu viel *Eat Pray Love* gelesen? Warum denn dann nicht lieber Italien?"

Zuhause angekommen.
„Von wegen *Eat Pray Love*", dachte ich kopfschüttelnd, das hatte mich doch ein wenig gekränkt. „Warum denn nicht Italien?" Blöde Frage! Ich war doch keine zweite Elizabeth Gilbert (obwohl ich ihr größter Fan war; Liz, wenn du das liest, bitte ich inständig um eine Autogrammkarte) und außerdem wusste Annika genau, dass mein Magen beim bloßen Gedanken an Pizza und Pasta einen Gluten-Tango tanzen würde. Zugegebenermaßen müsste ich meine Rohkostvorlieben auch in Indien zurückschrauben und sie gegen gekochte Eintöpfe tauschen, aber dafür hatte dieses Land auch etwas. Ich wusste zwar noch nicht, was, aber ich wollte es herausfinden. Vielleicht würde ich dort auf dieses Mehr-Gefühl stoßen.

Neugierig setzte ich mich an meinen Computer und suchte nach Flügen. Die günstigen Preise überraschten mich. Wo wollte ich genau hin?

Ich durchforstete Reiseblogs, um ein Gefühl für das Land zu bekommen. Nach kurzer Recherche war klar: Ich musste zur Yogahochburg nach Rishikes.

Gespannt las ich Blogs von alleinreisenden Frauen. Die Eindrücke dieser Berichte konnten unterschiedlicher nicht sein: Ich stieß auf ebenso viele überragende, positive Erlebnisberichte wie auf furchteinflößende.

Wie die beschriebenen Erfahrungen war auch ich mittlerweile zwiegespalten in Bezug auf mein Reisevorhaben.

Eine junge Niederländerin schrieb begeistert von den spirituellen Impressionen des Landes und einer für sie lebensverändernden Zeit. Im Allgemeinen beschrieb sie das Land als sicher, solange man sich gut auf die Reise vorbereiten, ans Gesetz halten und auf sein Bauchgefühl hören würde. Als ich „Bauchgefühl" las, spürte ich einen Stich in meiner Magengegend. Ich wusste nicht, warum, doch eine Stimme in mir sagte, dass ein anderes Reiseziel auf mich wartete.

Ich klickte auf die nächste Seite, die die Überschrift *Das Ding mit dem Solo in Indien* trug. Die Autorin berichtete, dass man im besagten Land ständig nach Mann und Kindern gefragt würde. Die Antwort, alleinstehend zu sein, würde bei den meisten schlichtweg auf Unverständnis und Misstrauen stoßen.

Jetzt wurde ich ärgerlich. Genervt schloss ich die Seite und starrte auf das Suchfenster.

Rechts unten poppten Werbeanzeigen von Billigflügen auf. Die Angebote lockten mit Flügen nach Mallorca, Bali und Indien.

„Und was wäre mit Bali?", fragte ich mich und klickte auf eine Anzeige.

„Aber kann ich – jetzt, da ich bereits angekündigt habe, nach Indien zu reisen – meinen Plan so einfach ändern?", überlegte ich (wunderbar geprägt von meiner Wer-A-sagt-muss-auch-B-sagen-Erziehung).

Ja, konnte ich! Wer A sagte, konnte B nämlich überdenken und C sagen! Indien klang danach, eine Reise wert zu sein, aber lieber irgendwann anders. Die Flüge nach Bali waren etwas teurer als die nach Indien, aber ich würde ja allein reisen und keine Kosten für Mitreisende tragen müssen (Mann? Kinder? Fehlanzeige!). Bestens: Mein zynischer Humor funktionierte noch.

Neugierig suchte ich nach Bildern von Bali. Herrlich grüne Reisterrassen, wunderschöne Tempel und Traumstrände überzeugten mich peu à peu mehr von dieser Destination.

Auch die Sucheingabe „Yoga auf Bali" minderte

meine aufkommenden Erwartungen um keine Spur. Genau so etwas brauchte ich jetzt.

„Es wäre idiotisch, nicht nach Bali zu reisen", dachte ich mit großen Augen, als ich bei meiner Recherche auf Fotos von vorzüglich aussehenden Smoothie-Bowls stieß.

Ich atmete tief durch. Bali fühlte sich gut an. Es fühlte sich nach *mehr* an und das vielleicht nicht nur, weil ich eine Meisterin darin war, mir etwas schönzudenken.

Weitere drei Monate später

Mir stand ein 22-stündiger Flug bevor. Exakt drei Monate waren vergangen, seitdem ich eine Yogalehrerin-Ausbildung ausgesucht, den Flug nach Bali gebucht und meinen Job gekündigt hatte.

„Vielleicht brauchst du einfach eine Urlaubspause. Hast du dir das auch gründlich überlegt?“, hatte Annika zweifelnd gefragt, als ich ihr von meinem Vorhaben erzählte. Sie war verunsichert, ob meine Entscheidung, den Job zu kündigen, vorschnell gewesen war; von der Überraschung und vom Entsetzen meines Chefs und meiner Kollegen ganz zu schweigen.

„Hast du wieder dieses Zeug geraucht?“, hatte Mama schockiert gefragt und damit auf einen Vorfall während der Unizeit verwiesen, als sie mich, mit einem Fußkettchen bewehrt und gänzlich unbekleidet, im Garten Luftballons aufpustend Bäume umarmen gesehen hatte.

Nein, ich hatte vor, während und nach meiner Entscheidung nichts geraucht und ja, ich war mir sicher.

Ich war. Jetzt wurden Aufregung und Vorfreude von Selbstzweifeln und Skepsis durchzogen. War ich zu voreilig gewesen? Hatte ich einen Fehler begangen? Was, wenn das alles nicht mein Ding sein würde?

„Stammen diese Angststimmen jetzt vom *FM Käse-Kanal*?“, fragte ich mich und dachte an die Worte von Yoga-Girlie aus dem Schweigerückzug.

„Das Bisherige ist auch nicht dein Ding gewesen. Was hast du also schon zu verlieren? Lehn dich zurück und entspann dich. Du wirst immerhin bald Kokosnüsse am Strand leer schlürfen“, riss mich meine Sabine-denk-positiv-Stimme aus den negativen Gedankenkreisen.

Ich wollte wieder einen fröhlicheren Kanal anmachen und dachte dabei an die besagte Kokosnuss, deren Wasser mir an besonders betrübten Tagen stets das Gefühl von Sommer, Urlaub und Leichtigkeit verlieh. Da erinnerte ich mich wieder an Yoga-Girlies Worte: „Der erste Schritt zur Süße war hart zu knacken, doch waren Selbstzweifel und negative Gedanken einmal überwunden, würde ich bald vom erfrischenden Wasser, dem Flow des Lebens mitgerissen.“

Boarding.

„Mausi, da können wir sogar Alkohol gratis bestellen!“, tönte es aufgeregt vonseiten meines Sitznachbars in Richtung seiner Freundin, die darauf ein „Genial, Schatzi!“ entgegnete.

Ich wollte nicht voreilig urteilen, doch ließ seine Aussage mich laut aufseufzen. Immerhin waren es zwölf Stunden, die ich neben diesem Paar verbringen würde.

Das Flugzeug startete. Ich bekam Gänsehaut und blickte aus dem Fenster.

„Bye“, verabschiedete ich mich von meinem Heimatstädtchen, meinem ehemaligen Job und im Grunde genommen von meinem alten Leben.

Jedes Mal, wenn ich in einem Flugzeug saß, fühlte ich mich in Raum und Zeit in meine Kindheit zurückversetzt. Es vermittelte mir auf eine schöne Art und Weise das Gefühl, klein und hilflos zu sein. Als würde ich mich dem Schicksal übergeben und mich davon leiten lassen, und das nicht nur, weil mein Schicksal tatsächlich in den Händen des Piloten lag.

Die Anschnallsignale wurden ausgeschaltet. Stewardessen gingen geschäftig auf und ab und bedienten die Passagiere mit den Mahlzeiten.

Schatzi schlürfte gerade seine fünfte Cola, als mir die Stewardess die Auswahl der Menüs vorstellte. Ich wählte *Chickpea and Mashed Potatoes* und nahm mein Menü dankend entgegen. In hungriger Vorfreude schob ich die Alufolie beiseite und blickte verwundert auf *Chicken and Mashed Potatoes*. Wie konnte ich mich so verhört haben? Ich seufzte (zum zweiten Mal), nahm die beiden Melonenstücke aus der Dessertschale, stocherte im Kartoffelpüree herum und holte schließlich eine Banane aus meinem Handgepäck.

Schatzi und Mausi schmatzten genüsslich neben mir. Höflichkeitshalber bot ich ihnen meine Mahlzeit an. Mit großen Augen blickten sie mich an und freuten sich über das geschenkte Menü.

Die Ruhe hielt nicht lange an. Kaum war die Hauptmahlzeit aufgegessen, zankten die beiden sich, wer meinen Schokopudding essen dürfe. Schatzi fand Gründe, warum er hungriger sei, ja sein müsse als Mausi. Dass er Mausis Rucksack beim Check-in getragen hatte, er außerdem größer war und deswegen mehr Kalorien benötige, verhalf ihm fast zum Gewinn. In letzter Sekunde rettete sich Mausi aber schlagfertig: „Wenn man sich liebt, soll man Freuden teilen!“ Welch tiefsinnige Aussage.

Schatzi gab nach und führte den Löffel abwechselnd widerwillig zu Mausis Mund und gierig zu seinem. (Gerade noch die Kurve gekriegt, bevor ich die Mütter der beiden hätte anrufen müssen.) Ich verkniff mir ein Lächeln.

„Sabinchen, jetzt ist aber Schluss mit dieser Überheblichkeit!", tönte meine Zurechtweisungsstimme laut und deutlich in mir. „Wo sind Yogaspirit und Zen-Modus hingekommen? Du bist nur so gut, wie du von anderen denkst, also beschäftige deine Gedanken mit etwas Sinnvollerem! Du musst sie ja nicht alle lieben, doch mit Akzeptanz kannst du es zumindest einmal versuchen!"

Ich seufzte (zum dritten Mal). Was war Yoga bloß anstrengend, auch ohne Krähe!

Die beiden schliefen ineinander verschlungen ein. Schatzi schnarchte und mit jedem Ausatmen stieg mir der Geruch von Chicken-Jägermeister in die Nase. Ich versuchte mich wegzudrehen, was in diesem Sitzbereich eine ähnlich große Herausforderung war, wie in der Wüste mal schnell duschen zu gehen. Nichtsdestoweniger berührte mich ihr Anblick. Einfach wegen der Art, wie sie sich ineinander fallen ließen. Ein Lächeln bewegte meine Lippen und ich freute mich aufrichtig für die beiden, einander gefunden zu haben.

Rührselig blickte ich aus dem Fenster. Meine tiefe Sehnsucht nach Zweisamkeit war wahrscheinlich nicht die beste Grundvoraussetzung für einen Selbstfindungstrip.

Ich zuckte die Schultern. Was blieb mir anderes übrig? Männer standen vorerst nicht auf meinem Plan. Nach dem Gemüse-Joe-Date wollte ich so schnell niemanden in die Welt von Sabine Ulrike Neumeisters Gefühlswirrwarr locken.

Drei Uhr morgens, Taiwan.
Geschäftig tummelten sich die Leute. Drei Stunden hatte ich am Flughafen rumzubringen. Ich durchschlenderte alle möglichen Duty-free-Shops und machte es mir dann auf einer Bank am Gate gemütlich. Das wilde Treiben am Flughafen stimmte mich demütig. Wie groß die Welt doch war und wie viele von meiner Sorte es gab! Dabei kam mir mein ständiges gedankliches Stimmenchaos lächerlich unbedeutend vor. Wen juckte es schon, ob es die richtige oder falsche Entscheidung gewesen war, meinen Job zu kündigen! Wenn mein Leben es so wollte, konnte ich mir wieder einen Job im Marketing-Bereich suchen. Dennoch hoffte ich, dass mein Leben noch etwas anderes mit mir vorhatte. So oder so – ich würde es früh genug erfahren. Von einem war ich nämlich überzeugt: Das Leben ist immer für mich. Wann immer etwas vermeintlich Negatives passieren würde, war es nur ein Wegweiser, der mir zeigen sollte, dass mein Kokoswasser woanders hinfließen wollte. Das mussten meine nervigen Miesmach-Stimmen eben erst verstehen lernen.

Im Flieger begrüßte mich mein um die 60 Jahre alter Sitznachbar mit einem freundlichen Nicken. Ich seufzte zum gefühlt hundertsten Mal, dieses Mal vor Erleichterung, und ließ mich in den Sitz fallen.

Jetzt war ich bereit für diese Reise!

Bali, Tag 1

Bei der Gepäckrückgabe in Denpasar.
Müde und erschöpft von der langen Reise wollte ich nur noch zu meiner Unterkunft.

„Kuta?", rief mir ein blondes, braungebranntes (wie ich annahm) Surfergirl energiegeladen entgegen.

Ich schüttelte den Kopf, packte meinen Rucksack und murmelte: „Canggu."

Hier wollte ich erst einmal ankommen, mich auf Land und Leute einlassen, ein bisschen Zeit am Strand verbringen und dann weiter zur Ausbildungsstätte nach Ubud reisen.

Surfergirl ließ nicht locker. Sie wollte den Weg bis nach Kuta mitfahren. Ich willigte ein, denn Kuta lag nicht weit von hier und ich würde mir dadurch einen Teil der Fahrtkosten sparen. Außerdem konnte es nicht schaden, bei der Mission, ein Taxi zu bekommen, eine Co-Agentin an meiner Seite zu haben. Das Getümmel in der großen Halle und Gefeilsche mit den Taxifahrern waren mir nämlich schon zu viel geworden und ich wollte es draußen erneut versuchen.

Im Freien waren keine Taxistände zu sehen. Ich seufzte, erneut. Niedergeschlagen stellte ich mich an den Rand der Straße und streckte meine Hand aus. Erfreulicherweise dauerte es keine zehn Sekunden, bis ein Fahrer anhielt. Surfergirl verhandelte gekonnt und brachte den Preis auf 180.000 Rupiah hinunter. Ich war zufrieden: Das hatte ich zuvor nicht geschafft.

„Willkommen auf der wunderschönsten Insel!“, rief der Fahrer uns freudig in hervorragendem Englisch entgegen. Seine gute Laune steckte mich an. Welch freundliche Begrüßung! Ich lächelte zurück und wir kamen ins Gespräch. Ich war überrascht, wie eingerostet mein Englisch war. (Der letzte Auslandsurlaub lag eindeutig zu lange zurück und die Schweigewoche in den Bergen hatte meine Sprachkünste nicht wirklich gefördert.)

Surfergirl erzählte ebenfalls von sich. Sie reiste aus Australien an. Ursprünglich sei sie aus Kalifornien und war seit einem Jahr auf dem Weg, die schönsten Flecken der Welt zu erkunden. (Also tatsächlich meine Co-Agentin!) Die nächsten zwei Monate plante sie, auf Bali zu verbringen, um – Überraschung! – zu surfen. Sie hatte noch nichts gebucht und war in Anbetracht des Massentourismus, der uns hier begegnete, sichtlich nervös, eine Unterkunft zu finden. Ich blickte auf die Uhr des Taxis: sieben Uhr abends. Reflexartig schlug ich ihr vor, bei mir in Canggu zu schlafen. Ich hatte immerhin ein großes Zimmer mit Kingsize-Bett (ursprünglich für mich allein) gebucht. Surfergirl änderte kurzerhand ihre Kuta-Pläne und nahm das Angebot erfreut an. So schnell mein Vorschlag ausgesprochen war, so überrascht war ich davon: Was war mit meinen sozial-aversiven Macken passiert? Surfergirls Weltenbummlerei war mir anscheinend zu sympathisch, um an meinen (Be-)Sonderheiten festzuhalten.

Der Straßenverkehr war ohrenbetäubend laut. Hupen schien hier das einzige Mittel der Verständigung zu sein. Gedankenverloren blickte ich aus dem Fenster. Müll zierte das Landschaftsbild. Ich schluckte. Wir Touristen waren daran sicher nicht unbeteiligt.

Nachdem wir eine Weile im Stau gesteckt hatten, meinte der Fahrer endlich, bald die Unterkunft zu erreichen. Entgeistert wurden wir von einer Meute feiernder Mittzwanziger und lauter Partymusik empfangen.

„Und warum diesmal nicht Malle, Sabinchen?", hatte Papa skeptisch (und beinahe vorwurfsvoll) gefragt, als ich ihm von meinem Reisevorhaben erzählt hatte.

Da hatte ich auch noch nicht gewusst, dass dieser Teil von Bali durchaus an Ballermann-Stimmung erinnern konnte.

„Und dafür habe ich alles hingeschmissen?", fragte ich mich zweifelnd.

Ein Kloß machte sich in meinem Hals breit.

Dabei hatte ich gelesen, dass der Süden Balis touristisch sein würde! Aber diese Information hatte sich meine voreilige Verdrängerin-Stimme erst schöngeredet und dann in die Ecke „Das-ist-mir-zu-anstrengend-darüber-nachzudenken-lass-uns-lieber-loslegen" verbannt. Da war meine Sehnsucht nach *mehr* kombiniert mit meiner Bequemlichkeit wieder einmal deutlicher gewesen als mein Verstand.

Ich atmete durch.

Hoffentlich wartete spätestens in der Ausbildungszeit die ersehnte Zen-Umgebung auf mich.

Bali, Tag 2

Halb sechs in der Früh.
Ich hatte geschlafen wie ein Baby und schlüpfte voller Elan in meine Sportsachen. Ich wollte Bali mit einem Morgenlauf und Yoga begrüßen.

„Good morning", rief ich meiner Nachbarin auf der Terrasse freudig entgegen. Ein verdutzter Blick und leises Gemurmel folgten. „Sie ist wohl kein Morgenmensch", dachte ich und fing genüsslich an zu laufen.

Verwunderlich, wie hell es um diese Uhrzeit bereits war. In Erdkunde hatte ich nie gut aufgepasst, aber vermutlich war die Insel so gelegen, dass es dutzende Tageslichtstunden gab und nur wenig Dunkelheit. Das wollte ich nach meinem Lauf ausführlicher recherchieren.

Hupende Autos und Mopeds rasten auch heute an mir vorbei. Diese Insel schien vierundzwanzig Stunden lang wach zu sein, aber das konnte meine Stimmung nicht trüben. Ich war froh, endlich am Meer zu sein, nichts und niemand konnte mir heute dieses Meer- und Mehrgefühl nehmen.

Verschwitzt lief ich am Wasserrand entlang. Meine Schuhe waren voller Sand und die Luft roch salzig. Surferboys blickten mir nach. Ich grinste und genoss die Streicheleinheit für mein Selbstwertgefühl.

Langsam dämmerte mir, warum hier bereits so viele Leute unterwegs waren. Wahrscheinlich waren die Wellen morgens am besten, denn es waren hauptsächlich Surfer am Strand. Ich zählte mich zu ihnen, denn immerhin hatte ich schon einmal auf einem derartigen Brett gestanden und das *Hang-Loose*-Zeichen bekam ich auch noch gebacken.

An einem schattigen Plätzchen hielt ich an und beendete meine Laufrunde mit ein paar Yogaübungen. Der Clown (*Ardha Shirshasana*) war mir auch schon einmal besser gelungen. Ich hatte keine Kraft in den Armen und mein Magen knurrte laut. Bei meinem Bärenhunger half auch die Bananen-Pose (*Bananasana*) nicht weiter. Ich kühlte mich kurz im Meer ab, um anschließend eilig der nächsten Strandbar einen Besuch abzustatten.

Der *Schokoloko*-Smoothie war ein Geschmackserlebnis: Eine Mischung aus hundertprozentigem Kakao, Bananen und Datteln wurde von Kokoscreme ummantelt. Am liebsten hätte ich den Kellner gefragt, ob ich darin baden dürfe. So schnell, wie ich den Smoothie ausgetrunken hatte, bestellte ich auch schon den nächsten. Auch *Strawberrydream* versprach nicht zu viel. Ich war im Schlaraffenland gelandet.

Schwärmend rief ich Annika an: „Ja, mir geht es gut. Es ist traumhaft hier. Nur an diese Menschenmassen muss ich mich noch gewöhnen. Ich bin wohl nicht die Erste, die auf Bali ein bisschen ‚Om' statt ‚Ähm' erleben will", lachte ich in den Hörer. „Aber abgesehen vom Yoga-Tourismus: Jetzt ist es acht Uhr morgens und neben mir wird gerade Bier gesoffen. Das musst du dir einmal vorstellen!"

„Sabinchen, Liebes", unterbrach mich Annika, „hast du zu viel Sonne abgekriegt? Bei dir müsste es doch um einige Stunden später sein als bei uns."

„Nein, ich sage dir doch: acht Uhr morgens."

Überzeugt blickte ich auf meine Handyuhr, die sich

anscheinend erst jetzt (ein Hoch auf die Technik) auf Ortszeit umgestellt hatte und mir 15:00 Uhr anzeigte. Das erklärte einiges. Ich Schnarchnase hatte tatsächlich vierzehn Stunden durchgeschlafen.

Später, mit Surfergirl.

Kokoswasser schlürfend genoss ich die endlose Weite des Ozeans. Mittlerweile war auch meine Seele auf Bali angekommen und liebte es hier.

Die Sonne ging bereits um 18:30 Uhr unter. Notiz an mein Geografie-Hirn: Bali war *nicht* so gelegen, dass es mehr Tagesstunden als Dunkelheit gab. Die Sonne ging um sechs Uhr auf und etwa zwölf Stunden später wieder unter. Ich lachte über meine Gedankenlosigkeit (mein Erdkundelehrer wäre enttäuscht von mir gewesen).

Nach dem Sonnenuntergang schlenderten wir zum nächsten Restaurant. Zucchininudeln mit roh-veganer Bolognese und Gerstengrassaft wärmten - trotz nicht erwärmter Rohkost - mein Herz. Ich fühlte mich zuhause mit meinen Bedürfnissen und Essensvorlieben. Bali streichelte meine Seele, nahm mich in den Arm und küsste meine Lippen mit einer Eiscreme aus Kirsche und Banane.

Balinesische Kost würde ich in den hier zuhauf anzufindenden Hipster-Lokalen wohl nicht kennenlernen, aber das war fürs Erste in Ordnung für mich. Ich war eine Durchschnittstouristin inmitten des Massentourismus, wenn auch meine Sabine-du-musst-es-besser-machen-Stimme lautstark protestierte.

Ich entschied mich, erstmal nichts zu müssen.

Heimweg.

„Foot massage for your tired legs?", fragte uns Massagegirl vom Studio neben unserer Unterkunft. Ja, hier wurde ich wahrlich verstanden! Surfergirl und ich willigten ein, nahmen Platz und streckten unsere sandigen Beine aus.

„Sie sind tatsächlich ausgesprochen müde", versicherte ich Massagegirl.

Sie griff nach meinen Füßen, als wären sie ein zerbrechliches Geschenk Gottes. Erst wurden meine Füße gebadet, sanft getrocknet und eingecremt, dann entführte Massagegirl mich mit kreisförmigen, knetenden Bewegungen ins Paradies. Ich konnte mich nicht glücklicher schätzen, genau zur richtigen Zeit am richtigen Ort zu sein. Auch die immer noch nicht ganz ausgeblendete Ballermann-Stimmung änderte nichts an meinen Glücksgefühlen (ein wenig Hüftschwung würde mir wahrscheinlich gar nicht schaden).

Surfergirl schlief neben mir ein und war augenscheinlich so entspannt, dass sie den Kopf nach vorne hängen ließ. Ich lachte, denn das sah entzückend aus. Dann ließ auch ich mich ins Reich der Entspannung mitnehmen.

„Das ist der Grund, warum ich das sonst nie mache! Pure Geldverschwendung!", schnaubte sie, als sie aufgewacht und die Massage vorüber war.

„Was meinst du?" Ich wusste nicht, worauf sie hinauswollte.

„Was nutzt mir eine Massage, wenn ich währenddessen einschlafe und nicht mitbekomme, wie entspannt ich bin? Sobald ich wieder auf den Beinen bin, verspanne ich mich ohnehin wieder!", nörgelte sie.

Ich lachte und sagte nichts. Viel zu entspannt, um mich auf diese Diskussion einzulassen, spazierte ich ein Stück die Straße entlang. Unweit entdeckte ich ein Lokal, das zuckerfreie und roh-vegane Süßigkeiten anbot. Spätestens jetzt dachte ich, im Himmel gelandet zu sein. Die Pralinen sahen himmlisch aus und die Torten waren reinste Kunstwerke. Eine Himbeer-Kakaovariation von Pralinen versüßte mir den Abend.

Mit einem höchstzufriedenen Magen verkroch ich mich ins Bett. Gedanken sausten mir durch den Kopf, ich konnte nicht einschlafen. Ein Monat würde nicht ausreichen, um hier zu sein. Die Smoothies schmeckten zu gut, das Meer war zu erfrischend und meine Füße gingen zu viel, um die Massagen nicht abgöttisch zu lieben. Ich benötigte einen Plan, um mein Leben so zu leben, dass ich die meiste Zeit davon auf Bali verbringen könnte. Ich brauchte einen Job, mit dem ich so viel Geld auf einmal verdienen würde, um den Rest der Zeit mit Smoothies und *No-bake Cake* blauzumachen. Oder ich würde tatsächlich Yogalehrerin und Autorin werden. Dann könnte ich auf dieser Insel arbeiten und in den Pausen ins Meer springen. Andererseits gab es auf Bali viel zu viel Konkurrenz als Yogalehrerin.

Ich würde also Autorin werden. Wenn das meine hauptberufliche Tätigkeit sein sollte, müsste ich allerdings mindestens Bestseller-Autorin sein. Bei diesem Druck sollte ich auch noch kreativ sein …?

Wie aufregend – ich hatte mein erstes Künstlerintief!

Bali, Tag 3

Am Strand.
Der Tag verlief nach meinem Geschmack. Ich lag stundenlang in der Sonne, schlürfte eine Kokosnuss nach der anderen und wenn es mir zu heiß wurde, erfrischte ich mich im Ozean.

Ich grub meine Füße in den Sand und blickte auf das Wellenspiel und die Surfer vor mir.

Meine Gedanken wanderten zum vergangenen Jahr. Nie wieder wollte ich verdurstend in der Flut ertrinken. Stets meiner inneren Stimme zu folgen, meine Intuition für nichts und niemanden mehr aufzugeben, war von nun an mein oberstes Ziel. Ich wollte spielerisch Wellen reiten und mit dem glitzernden Meer zusammen leuchten - nicht mehr gegen den Strom des Wassers ankämpfen, sondern mich vom Wellengang tragen lassen, meinem tiefen Ozean mehr Beachtung schenken, der immer da war und immer da sein würde. Der ständig wechselnde Gefühlswellengang war dabei nicht mehr so wichtig. Mein neues Vorbild waren die Schildkröten: Kommen die Wellen auf sie zu, lassen sie sich einfach treiben, um die Kraft des Meeres bei abfließendem Wasser zu nutzen und mit geringster Anstrengung hinauszuschwimmen.

Bali fühlte sich gut an. Hier zu sein, war richtig.

Ein Paar am Strand unterbrach meine Gedanken. Die junge Frau trug ein Baby in ihren Armen und der junge und sportliche Typ an ihrer Seite hatte seinen Arm um ihre Schultern gelegt. Die in sich ruhende Glückseligkeit, die diese Kleinfamilie ausstrahlte, berührte mich. Ob das zu meinem Mehr auch einmal dazugehören würde?

Gedankenverloren rappelte ich mich hoch, hob einen Plastikbecher auf und trug ihn zum nächsten Mülleimer.

Bis mein Mehr sich verdoppeln oder verdreifachen würde, wollte ich die Zeit nutzen, um zu verstehen, wie ich das Mehrgefühl in meiner Solo-Show gedeihen lassen konnte.

Bali, Tag 4

Am frühen Morgen.

Ich wachte durch lautes Herumkramen meiner Zimmernachbarin auf. Nachdem meine bevorstehende Ausbildung höchstwahrscheinlich sehr anstrengend werden würde, wollte ich wenigstens jetzt noch ausschlafen. Verärgert setzte ich mich auf.

„Was soll der Krach?“, beschwerte ich mich und gähnte laut.

„Vier Nähte“, sagte Surfergirl betont lässig und deutete auf ihre verarzteten Körperteile, „und was geht bei dir so?“

„Oh nein, was ist passiert?“, fragte ich, plötzlich hellwach, mit aufgerissenen Augen. Als sie meinen besorgten Blick sah, verließ der letzte Rest betonter Lässigkeit ihr Gesicht. Sie brach in Tränen aus. Ich nahm sie in die Arme.

Surfergirl war in der Früh am Riff surfen gewesen und quasi über Bord geflogen. Sie hatte sich den Arm blutig geschlagen und das Knie verletzt.

„Ich fühle mich wie ein Baby. Erst stelle ich mich beim Surfen an wie die letzte Anfängerin und jetzt heule ich mich auch noch bei dir aus. Ich bin so ein Weichei“, wimmerte sie.

Das brachte mich aus der Fassung. Da weinte man vor Schock und Schmerzen und redete von Schwäche und Scham! Wir Menschen machten es uns manchmal echt nicht leicht. Ich drückte sie noch fester an mich.

Zwei *Açaí*-Bowls später war wieder ein Lächeln auf ihre Lippen gezaubert und die Welt in Ordnung. Jetzt hieß es Abschied nehmen: Meine Yogalehrerin-Ausbildung stand bevor. Ich umarmte Surfergirl innig und mir wurde bewusst, wie sehr ich sie in mein Herz geschlossen hatte.

Sie handelte mir den besten Preis für die Fahrt aus, ich stieg ins Taxi und fuhr winkend davon. Im Nachhinein schüttelte ich den Kopf über mich, dass ich wegen umgerechnet 50 Cent so ein Theater veranstaltet hatte. Was für mich das Topping einer Smoothie-Bowl bedeutete, hieß für den Fahrer wahrscheinlich eine Mahlzeit für die ganze Familie.

Das Zusammenspiel aus tropischem Paradies und saftig-grünen Reisfeldern, das nun an mir vorbeizog, gefiel mir immer mehr. Ich konnte mich nicht sattsehen.

Der Taxifahrer schaute in den Rückspiegel.

„Beautiful, huh?“ Ich nickte.

„Vor einigen Jahren sah die gesamte Insel so aus“, setzte er mich in Kenntnis.

Ich schluckte. Wie konnte ich meinen Selbstfindungstrip auf einer Insel verbringen, auf der wir Touristen so viel Schaden angerichtet hatten? Dieses Thema hatte ich bisher total verdrängt. All der Müll, der für uns durch uns produziert wurde, würde entweder im Meer landen oder verbrannt werden und als giftige Rauchwolke die Umwelt verpesten. Und wofür? Damit der Westen ein bisschen Party, ein paar Sonnengrüße und einige grüne Wellen mehr haben konnte! Ich ärgerte mich über mich selbst und den Luxus, der für uns geschaffen wurde. Trotz Abenteuerlust wollten wir alles wie zuhause – Smoothie und Burger to go und das Bier am Strand. Ohne Strohhalm aus der Kokosnuss zu trinken, reichte uns nicht.

Bevor der Westen Bali für sich entdeckt hatte, hatten Quell- und Kokoswasser ausgereicht, um die hier Lebenden zu versorgen, Bananenblätter waren das gängige Verpackungsmaterial gewesen. Ich fragte den Taxifahrer, ob er Wut auf den Tourismus in sich trug.

„Nein, nein! Tourismus ist großartig und bringt uns Geld ein", verdeutlichte er mit einer entsprechenden Geste. Ich nickte nachdenklich und betrachtete wieder das vorbeiziehende Naturschauspiel.

„Here we are", wurde ich nach einer knappen Stunde Fahrtzeit aus meinen Gedanken gerissen.

Ich sah mich verdutzt um. Lediglich ein Kiosk war zu sehen, umgeben von Reisfeldern.

Wo war das Yogastudio? Ich bat den Fahrer zu warten und fragte hoffnungsvoll die Kioskverkäuferin nach der Ausbildungsstätte. Sie schüttelte freundlich lächelnd den Kopf. Also glich ich mit dem Taxifahrer die Adresse im Navigationssystem ab. Er erklärte mir überzeugt, dass die Schule exakt hier sein müsse.

Mir schwante Böses. Seufzend nahm ich meinen Rucksack, gab dem Fahrer 16.000 Rupiah mehr als abgemacht und verabschiedete mich. Da stand ich also nun mit meinem viel zu schweren Rucksack und starrte zum Kiosk und den dahinterliegenden Reisfeldern hinüber.

Mir fiel ein Weg entlang des Reisfeldes auf. Ich schlug ihn ein. Was hatte ich für eine Wahl?

Nach einigen Minuten mündete der Weg in eine kleine Straße. Ich sah ein Haus und gleich dahinter eine große Hotelanlage mit prunkvollem Springbrunnen. Von Weitem konnte ich auch einen großflächigen Pool erkennen. Erleichtert machte ich einen innerlichen Freudensprung. Ich war also nicht mutterseelenallein! Hoffentlich war das meine Unterkunft; ich konnte eine erfrischende Abkühlung im Pool gut gebrauchen. Die Wut auf den scheinbar überall für uns Touristen erschaffenen Luxus war wie weggeblasen. Freudig enterte ich die Anlage.

Der Rezeptionist wusste von keiner Yogaschule, er schüttelte bloß den Kopf. Mit einem mulmigen Gefühl verließ ich das Hotel wieder und ging die Straße weiter entlang. War die Homepage der Schule ein Fake gewesen? Ich hatte mich ohnehin schon gewundert, warum ich im Internet nirgends Rezensionen oder Erfahrungs berichte gefunden hatte. In der Ferne sah ich eine kleine Anlage, deren Eingangsschild einen Yogi im Lotussitz zeigte. Erneut Hoffnung. Meine Schritte wurden schneller, bis ich vor dem Gebäude stand. Die Hoffnung schwand wieder: Auch hier war kein Hinweis auf die gesuchte Ausbildungsstätte angebracht.

Trotzdem wollte ich sicherheitshalber nachfragen und trat ein. Eine Rezeptionistin empfing mich freudestrahlend (ich wunderte mich einmal mehr, warum die Menschen auf Bali – egal, welchen Beruf sie ausübten – stets glücklich aussahen) und hörte sich mein Anliegen an. Sie nickte: Ich war angekommen.

Erleichtert lächelte ich und überlegte, ob ich der Schule ein paar Marketingtipps mit auf den Weg geben sollte – ein Eingangsschild mit dem Namen der Schule wäre doch vielleicht gar nicht schlecht?

Müde schleppte ich mich in den zweiten Stock, dort waren die Schlafräume. Die Unterkunft war sauber und die Einrichtung schlicht, sie stellte das Notwendigste zur Verfügung.

In dem mir genannten Raum stand ein zweites Bett; meine Zimmernachbarin war offensichtlich noch nicht angereist. Eine wohltuende Ruhe breitete sich in mir aus und die Spannung des Tages sackte zu Boden. Ich war sogar dankbar dafür, ohne Luxus empfangen worden zu sein. Es fühlte sich gut an, sich vom Überfluss zu distanzieren und sich auf das Wesentliche zu besinnen. Behutsam legte ich meinen Schmuck ab, den brauchte ich hier nicht.

Mein Magen fühlte sich merklich flau an. Wahrscheinlich von der Fahrt, überlegte ich. Nach den vielen Kurven wunderte es mich nicht, dass mir übel war.

Yogalehrerin-Ausbildung, Tag 1

Beim Lunch.
Im Freien unter einem kleinen Strohdach waren drei Töpfe vorbereitet, je gefüllt mit Reis, Gemüsesuppe und Gemüsecurry. In der Hoffnung, dass eine warme Mahlzeit meinem Bauch guttun würde, nahm ich von der Suppe. Die Yogalehrerin Sri fragte mich, wie lange ich bereits Yoga praktizierte.

„Ich bin noch nicht so gut", antwortete ich verlegen, „ich nehme erst seit zwei Jahren Unterricht."

„Hier gibt es viele Schüler, die kaum Erfahrung haben", erwiderte sie trocken und zugleich irgendwie auch warmherzig.

„Das zu hören, erleichtert mich", sagte ich und atmete auf.

„Wieso?", fragte mich Sri lächelnd.

Ich nickte, sie hatte recht – darum ging es beim Yoga nicht.

„Also, ich praktiziere bereits seit sieben Jahren", schaltete sich eine andere Teilnehmerin dazu und erzählte binnen einer Minute, dass sie bereits zahlreiche Retreats besucht habe und der Verzicht während dieser Wochen das Wertvollste für sie gewesen sei, sie würde dann weniger Zucker essen und den Kaffee manchmal sogar zur Gänze weglassen, außerdem liebe sie es, für sich zu sein.

Ich seufzte. „Das ist ja die gleiche Yogatante, wie ich eine bin“, dachte ich wenig begeistert.

„Ich heiße übrigens Gina“, plapperte sie weiter. Im selben Atemzug fragte sie aufgeregt, ob es möglich sei, am Wochenende das große Festival in der Stadt zu besuchen.

„Bittest du mich gerade, meinen Job zu vernachlässigen, damit du Spaß haben kannst?“, fragte Sri stirnrunzelnd.

Ich war peinlich berührt von der Stimmung; keine Antwort schien notwendig zu sein.

„Okay, aber am Abend haben wir Freizeit, oder?“, fragte Gina zur Sicherheit nach. Sie erinnerte mich an ein kleines Kind, das diesen einen Lolli unbedingt haben will.

Ohne Schnörkel entgegnete Sri: „Setze deine Prioritäten und lebe danach.“

„Juhu, das wird lustig!“, jubelte Gina.

Ich sah sie verdutzt an.

Gina fragte mich, ob wir nach dem Mittagessen gemeinsam Sehenswürdigkeiten anschauen wollten Trotz oder vielleicht gerade wegen der anfangs bemerkten Ähnlichkeiten wurde jede Zelle meiner sozialen Macken durch diese Frau aktiviert. Sie verkörperte wohl zu viele Anteile von mir, mit denen ich selbst noch nicht im Reinen war. Dankend lehnte ich ab und machte mich nach dem Essen allein auf den Weg.

Ich spazierte in Richtung des Stadtzentrums von Ubud und somit in die entgegengesetzte Richtung von dort, woher ich angereist war. Bereits nach wenigen Metern erreichte ich die ersten Bistros und Cafés.

Von hier aus wäre die Suche nach der Yogaschule wesentlich schneller beendet gewesen. „Das hatte sich schwieriger gestaltet, als es hätte sein müssen", dachte ich und schüttelte den Kopf darüber, wie leicht ich aus dem Konzept zu bringen war.

Ein paar Meter weiter ließen Satinkimonos mein Herz höherschlagen. Als ich dann auch noch Hosen derselben Art entdeckte, glaubte ich, im Himmel gelandet zu sein. Ich war begeistert. Schneller, als ich die Preise umrechnen konnte, nannte ich einen schwarzen, mit goldenem Muster bestickten Satinkimono mein Eigen sowie eine elegante Satinhose, für die ich mir schon Events ausmalte, um sie tragen zu können. Freudig verließ ich den Verkaufsstand.

Ein Künstler an der gegenüberliegenden Straßenseite stach mir ins Visier. Ich verliebte mich in einen Silberring mit Om-Zeichen. Als Andenken an diese Zeit rechtfertigte ich auch jenen Einkauf vor mir. Ich versuchte den Preis zu drücken, worüber ich mich im Nachhinein ärgerte. Es fühlte sich falsch an, über Preise der Kunst zu verhandeln. Vor allem in einem Land, in dem der Monatslohn vieler Einheimischer einem Stundenlohn in meiner Heimat entsprach.

Sport-BHs mit raffiniert gebundener Rückseite am Stand gegenüber ließen mich das schlechte Gewissen schnell wieder vergessen. Ich entschied mich für einen blauen mit der Blume des Lebens auf der Rückseite. Der würde sich großartig in meiner Asana-Praxis machen! Berauscht von der Schnäppchenjagd zog ich weiter durch die Menschenmenge. Ein Geschäft nach dem anderen, das genau zu meinem Kleidungsstil passte (dabei hatte ich bis jetzt gedacht, dieser sei sehr originell).

Nach etlichen weiteren Metern nervten mich die Hitze und der Lärm schlagartig, von den Menschenmassen um mich herum ganz zu schweigen. Was tat ich hier? Und warum hatte ich mittlerweile vier Kimonos gekauft? Solch eine Auswahl würde ich vielleicht bei royalen Frühstückszeremonien benötigen. Sollte ich vielleicht der Queen großzügig einen davon abtreten, wenn ich sie denn mal träfe?

In welchen Rausch, welche Ekstase mich der Einkaufswahnsinn gebracht hatte, ängstigte mich – eine der berüchtigten bunten Pillen war ein Witz dagegen! (Nein, Mama, die habe ich nicht probiert, ich weiß das nur von Reportagen.)

Er- und geschlagen machte ich mich auf den Rückweg. Was hatte während der letzten Dreiviertelstunde in mir gewütet? Das war doch nicht ich! Außerdem hatte das nichts mit meinem Vorhaben der Achtsamkeit zu tun, sondern fühlte sich im Nachhinein wie eine Essattacke an. Das Gefühl, unbedingt jetzt diese neuen Teile zu benötigen, widerte mich an, ich fühlte mich schlecht.

Zurück im Yogazentrum.
Weg vom Trubel wollte ich endlich zu mir kommen.

Sri begrüßte mich am Eingang des Zentrums. Ihr Blick wanderte unweigerlich über meine Arme, zu meinen Händen und zum neuen Silberring. Ich schämte mich, dem Konsum derart verfallen zu sein, und betrachtete wiederum sie. Sie trug ein abgetragenes T-Shirt, ausgewaschene Baumwollleggings und ihre fettigen Haare zu einem Dutt gedreht. All das stand in keinem Verhältnis zu ihrer Ausstrahlung: Sri war wunderschön.

Seufzend schleppte ich mich ins Zimmer hinauf. Ich wollte mich für die anstehende Eröffnungszeremonie bereit machen und erschrak. Hatte es sich hier während meines Trips ein Eisbär gemütlich gemacht?

Der Raum war bitterkalt. Ein zerbrechlich aussehendes Mädchen, das dank ihrer Ganzkörpertätowierungen tough wirkte, spazierte aus dem Badezimmer und rubbelte sich die Haare trocken.

„Hey“, murmelte es ohne erkennbare Regung.

Der mir bekannte Würgereiz in erzwungenen sozialen Situationen meldete sich. Ich konnte Klimaanlagen nicht ausstehen und fragte betont gelassen, ob ich sie ausschalten durfte.

„Ja, klar“, antworte Zimmernachbarin gleichgültig.

Ich atmete erleichtert auf, stellte mich vor und äußerte höflichkeitshalber ein paar Smalltalk-Floskeln. Dass Zimmernachbarin nur zwei Jahre jünger war als ich, überraschte mich. Sie hatte auf mich den Eindruck einer rebellischen Schulabgängerin gemacht.

Ich warf mich in mein schönstes Gewand, band meine Haare zu einem Zopf und trug etwas Lippenstift auf. Erwartungsvoll schritt ich die Treppen hinunter zur Eröffnungszeremonie.

Der Yoga-Raum befand sich im Freien, umgeben von Reisfeldern. Sri legte uns jeweils eine große Blumenkette um den Hals, begrüßte uns feierlich und bespielte danach Klangschalen, während sie auf Sanskrit sang. Ihre Haare wehten im Wind und ein weißes Kleid umspielte ihren zarten, muskulösen Körper. Die Mitte des Raumes zierte ein wunderschönes Bild aus Blumenblättern.

„Om – Om – Om – …“ Wir starteten die Zeremonie.

Vor einem halben Jahr beim Schweigeretreat hatte ich noch gedacht, in einer Sekte gelandet zu sein, heute war das Gegenteil der Fall: Mit jedem Om fühlte ich mich wohler.

Sri führte uns in eine Meditation ein.

„Wo siehst du dich in deinen größten Träumen? Wo möchtest du all deine Aufmerksamkeit hinlenken?", hörte ich ihre kräftige Stimme.

Ich bekam Gänsehaut – hier war ich richtig.

Wir versanken wieder in tiefe Oms. Anfängliche Unsicherheit war wie verflogen; meine Stimme wurde lauter und kräftiger.

Sri rief uns einzeln nach vorne. Nacheinander stellten wir uns der Gruppe vor. Dabei sollten wir erzählen, warum wir hier waren und was uns glücklich machte.

„Was mich glücklich macht?", begann Gina ihre Vorstellung. „Alles! Ich bin einfach ein Sonnenschein!"

Ich seufzte. Warum löste diese Person so abwehrende Gefühle in mir aus?

„Im Grunde weiß ich nicht, was mich glücklich macht", sagte Spanierin als nächstes, „und darum bin ich hier."

Ihre Ausstrahlung berührte mich. Mit einem Lächeln nahm sie wieder Platz.

„Ich glaube, mich macht es glücklich, meiner inneren Stimme zu folgen", sagte ich verlegen, „und damit meine ich nicht die Bösewichts-Stimme, sondern die eine Stimme, die auf meiner Seite ist." Ich lächelte schüchtern.

Sri drückte uns einen roten Punkt an die Stirn.

„Lasset die Transformation jetzt beginnen", hieß sie uns nun gestenreich willkommen und wickelte uns zusätzlich ein rotes Band ums Handgelenk.

Yogalehrerin-Ausbildung, Tag 2

Halb sechs.

Der Wecker klingelte. Mir war übel und mein Kopf brummte. Erschlagen schleppte ich mich zur *Pranayama*-Stunde. Die tiefe Bauchatmung verstärkte meine Übelkeit drastisch. Immer wieder stieß mir der Gemüsereis vom Tag zuvor hoch, gepaart mit dem Kokosgeschmack des gestrigen Frühstück-Smoothies. Was war bloß los mit mir? Die Taxifahrt lag mittlerweile schon zu weit zurück, um als Grund für meinen flauen Magen herzuhalten. „Ach du liebe Zeit ... ich habe beim Zähneputzen das Wasser aus der Leitung benutzt!“, schoss es mir durch den Kopf. Wie schlimm würde die Übelkeit noch werden? Ich verzweifelte und konnte meinem Zen-Modus nur noch von weiter Ferne winken.

„Sabine, rechter Daumen auf das rechte Nasenloch“, unterbrach Sri meine Gedankenschleifen.

Ich zuckte zusammen und folgte der Anweisung für die Atemtechnik: Nach fünf Atemzügen durch das linke Nasenloch wechselten wir die Seite und hielten mit Mittel- und Ringfinger das linke Nasenloch zu. Nach wiederum fünf Atemzügen dieser Art folgten fünf Atemzüge durch beide Nasenlöcher. Die Abfolge wiederholte sich.

„Vielleicht merkst du schon jetzt die ausgleichende

Wirkung von *Nadi Sodhana*", hörte ich Sris Stimme betont ruhig.

Das Gegenteil war der Fall. Je entspannter wir sein sollten, desto aufgebrachter war mein Magen. Meine innere Panikstimme wurde lauter. Musste ich ins Krankenhaus? Waren die medizinischen Standards hier ausreichend, um zu heilen, was auch immer ich mir eingefangen hatte? Ich schluckte.

Die Stunde endete mit der Blasebalg-Atmung *Bhastrika*. Wir atmeten aktiv durch die Nase in den Bauch ein und aus und wurden dabei immer schneller.

„Atme kräftig mit einem Stoß aus. Dein Bauch zieht sich dabei nach innen. Atme anschließend kräftig wieder ein. Dein Bauch wölbt sich dabei nach außen …"

Ich konnte den Instruktionen nicht mehr folgen. Mein Bauch führte Tangotänze auf. Vierzig Atemzüge dieser Art und eine drastische Steigerung meiner Übelkeit später begann die Hatha-Yogaklasse.

Sri erklärte, dass Hatha-Yoga heute zwar als eigener Stil bekannt war, ursprünglich aber jegliche Form physischen Yogas bezeichnet hatte. Sie instruierte uns in die Position Krieger 1.

„Und mit der nächsten Ausatmung öffne die Arme und die Hüfte zur Seite in den Krieger 2", leitete sie an.

Ich streckte meine Arme von mir. Ein beträchtlicher Anteil Magensäure stieß mir hoch, meine Übelkeit steigerte sich noch mehr (auch, wenn das schier nicht möglich schien) und ich führte eine neue Position ins Yoga ein: die sich übergebende Kriegerin. Welch gebührender Start meiner Ausbildung!

Beim Frühstück.
Ich brachte keinen Bissen hinunter und schleppte mich geschwächt aufs Zimmer. Jede Zelle meines Körpers lechzte nach Erholung. Eisige Kälte empfing mich erneut.

„Sabine, das schaffst du auch noch!", forderte mich meine Sei-stark-Stimme auf.

Ich nickte matt, schaltete die Klimaanlage aus und verstaute die Fernbedienung in der Schublade. Seufzend ließ ich mich in mein Bett fallen. Ich versuchte, die negativen Gedankenschleifen zu unterbrechen, doch nicht einmal das Wunschbild meines eigenen erfolgreichen Yogastudios half. Ich seufzte erneut. Mir ging es kein Stück besser.

Ich versuchte es weiter und visualisierte den Buchladen, in dem meine Bücher verkauft würden. Mein Zustand blieb unverändert. Heute half nicht einmal das Bild, einen Handstand perfekt zu können.

„Wird ohnehin alles nichts daraus", nahm mir die toxische Stimme in meinem Kopf jegliche Freude und Hoffnung.

Ich erinnerte mich an Yoga-Girlie aus dem Schweige-Retreat. Sie hatte mir am letzten Tag so sehr eingetrichtert, nicht auf den *FM Käse-Kanal*, sondern auf meine innere Kokosstimme zu hören. Auch Annikas Worte fielen mir wieder ein: „Wenn du glaubst, es gibt noch mehr, gibt es das auch!"

„Aber woher weiß sie das schon?", meldete sich der Stinkekäse wieder zu Wort.

Auf dem Weg zum Philosophieunterricht.
Sri fragte mich, wie es mir gehe. Ihr bekümmerter, mütterlicher Blick berührte mich und zwei Tränen

kullerten über mein Gesicht. Schneller, als ich sie wegwischen konnte, entdeckte mich Gina dabei.

„Ohhh, die arme Sabine! Lasst uns sie alle umarmen!“, kam es aus ihrer Richtung.

Ich riss meine Augen auf. Entgeisterung und Entsetzen übertünchten meine Melancholie. Gina und der Rest der Truppe kamen auf mich zu und umarmten mich also.

Nach einer Weile konnte ich nicht anders, als über beide Wangen zu grinsen. Im Grunde genommen war die viel zu dick aufgetragene Geste auch schön und die Mädelsgruppe ziemlich süß.

„Ohhh, sie lacht wieder!“, kreischten die Mädchen. Ich schüttelte schmunzelnd den Kopf.

Der Tag ging vorüber. Während der Yogapraxis schaute ich der Gruppe zum größten Teil zu und zwischen den Einheiten verzog ich mich aufs Zimmer.

Es war mittlerweile Abend geworden und die letzte Einheit für heute stand bevor. Ich tapste zur Meditationsstunde. Wladimir, der Meditationslehrer, begann die Stunde in strengem Tonfall: „Mein oberstes Ziel ist es, euch zu vermitteln, dass ihr niemals gute Lehrerinnen sein werdet.“

Was sollte das denn jetzt? Schaltete der *FM Käse-Kanal* auf live? Wie wäre es einmal mit ein wenig Lob und Anerkennung?

Nach dieser Einheit war die Angst, mich erneut übergeben zu müssen, größer als mein Appetit. Ich verzichtete auf das Abendessen und taperte nach oben auf den Balkon.

Wo war ich hier wieder gelandet? Da hatte ich tatsächlich gedacht, ein Monat sei zu wenig, um hier zu sein. Von wegen: Ich sehnte mich schon jetzt nach Zuhause und danach, Wasser aus der Leitung trinken zu können, ohne mich in einen speienden Vulkan zu verwandeln. Außerdem vermisste ich *ihn*, seine vertraute Stimme und seine schützenden Arme. Ich nahm mein Handy aus der Tasche.

„Ich vermisse dich! Alles blöd hier", brachte ich hervor. Ich scrollte durch die Kontaktliste, machte kurz bei *ihm* Halt und sendete die Nachricht dann an Annika.

Sofort starrte ich wieder in die Dunkelheit. Annika meldete sich nicht zurück – blöde Zeitverschiebung. Also, wie ging das nochmal mit dem All-ein-sein und der Solo-Show?

„Vielleicht, indem du dir bewusst machst, dass du gar nicht so allein bist, wie du denkst. Welche Verbindungen hast du heute schon erlebt?", hörte ich eine zarte Stimme in mir. Mit einem Lächeln dachte ich an die heutige Gruppenumarmung zurück.

Yogalehrerin-Ausbildung, Tag 3

Sonntag. Ein freier Tag stand bevor.
Mein Magen knurrte, es war Zeit für einen zaghaften Versuch der Nahrungsaufnahme. Ich spazierte zum nächstgelegenen Café.

Zwei Portionen Kartoffelpüree, die ich in mir behielt, deutete ich als Zeichen dafür, dass mein Magen die weiße Flagge erhob. Ich blieb noch eine Weile im Café sitzen und beobachtete die Menschen um mich herum. Die Freundlichkeit der Ortsansässigen faszinierte mich. Wenn sie mit solch einer Freude Smoothies servieren konnten, gab es für mich noch vieles von ihnen zu lernen. Vielleicht ging es im Leben nicht ausschließlich darum, das zu tun, was man liebte. Sondern in das, was man tat, seine Liebe fließen zu lassen und so die leckersten Smoothies des Lebens zu kreieren.

Apropos: Der Smoothie vom Nachbartisch sah himmlisch aus! Ich bestellte einen *Berrydream*. Im Traumland angekommen, wurde ich von *Chocolatekiss* innigst verwöhnt und geküsst. Ja, ich würde sogar sagen, die Kombination aus cremiger Kokossahne mit bitterem Kakao umrandet von einer süßen Agavennote war der beste Liebhaber seit Langem. (Zugegeben, ich hatte schon sehr lange keinen mehr gehabt.) Die verabsäumten Kalorien von gestern waren wieder aufgenommen und ich kam zurück ins Leben. Endlich fühlte ich mich nicht mehr wie ein durchgekauter Kaugummi, der auf der Straße klebte.

Euphorisch spazierte ich zurück zur Unterkunft. Nach wenigen Metern unterbrachen ein Kreislaufkollaps und starker Schwindel meine Glückseligkeit. Am Wegesrand hockend, fühlte ich mich wieder wie der sprichwörtliche Kaugummi, der gerade auf die Straße gespuckt worden war. Entkräftet schlich ich zur Unterkunft zurück.

Am späten Nachmittag.
Der Kaugummi hatte die Pfefferminzfrische zurückgewonnen und wollte nicht mehr kauern: Ein Nickerchen hatte mir Kraft verliehen. Ich duschte, sprang in frische Yogaklamotten und spazierte dieses Mal ins Stadtzentrum.

Die Stadt war lebendig. Ein Hipster-Café glich dem anderen und die Gerichte sahen allesamt so aus, als entstammten sie der Instagram-Bibel.

Mindestens genauso viele Yogastores tummelten sich. Welchem Shopping-Addict dieser Überdruss an Geschäften noch nicht reichte, würde spätestens beim großen Markt fündig werden: Hier gab es Satin, Kleider, Statuen und Ziergegenstände so weit das Auge reichte.

Mein Weg führte mich weiter zu raffiniert gestalteten Tempeln. Das Können und Schaffen der Menschheit brachte mich ins Staunen. Zu welchen Kunstwerken wir fähig waren!

Später.

Nach etlichen Metern kam ich bei einem bekannten Yoga-Studio an. Bereits außen war die Hier-wird-es-dir-gut-gehen-Stimmung spürbar. Neu- und begierig auf Mir-wird-es-hier-gut-Gehen folgte ich den Pfeilen nach drinnen. Der Weg führte mich durch einen wunderschönen, saftig-grünen Garten, der mich das laute Stadtgewirbel vergessen ließ. Ich spazierte in die erste Yoga-Lodge und wurde mit Acro-Yoga empfangen. Die wunderschönen Bewegungen der Teilnehmer verzauberten mich. Tänzerisch spielten die Partner mit ihrer Körperspannung und der Schwerkraft. Ich war begeistert und notierte mir auf meiner geistigen To-do-Liste: „Acro-Yoga lernen."

„Willst du mitmachen?", fragte mich ein athletischer Yogi.

„Es könnte Schlimmeres passieren, als auf diesem Kerl fliegen zu lernen", dachte ich und erhaschte einen Blick auf seine definierten Muskeln. Ich überlegte kurz.

„Danke, jetzt nicht ... aber es sieht wunderschön aus!", verneinte ich schlussendlich sein Angebot. Ich hatte schon die sich übergebende Kriegerin nach Bali gebracht, die sich übergebende Fliegerin wollte ich mir und vor allem dem Yogi ersparen.

Nach einer Weile der Bewunderung schaute ich mich im restlichen Studio um. Die vielen glücklichen Gesichter und hölzernen, Wärme ausstrahlenden Räume inspirierten mich dazu, meine Praxis vertiefen zu wollen. Je mehr ich mit Yoga in Kontakt trat, desto größer wurde die Liebe in mir.

Verträumt ging ich nach draußen. Es war bereits dämmrig. An die frühen Sonnenuntergänge auf Bali musste ich mich noch gewöhnen; rasch begab ich mich auf den Heimweg. Auch wenn die Stadt Tag und Nacht leuchtete, traute ich es meiner Orientierung noch nicht zu, im Dunklen heimzufinden. Außerdem wollte ich heute früh ins Bett. Der Kaugummi-Nachgeschmack war noch nicht restlos verschwunden und ich wollte sicherstellen, dass ich am nächsten Tag meine Frische wiedererlangt hatte.

Yogalehrerin-Ausbildung, Tag 4

Der Tag war fast geschafft, ich hatte bisher keine neuen Positionen eingeführt und gewann zunehmend an Frische zurück. Zufrieden ging ich aufs Zimmer. Eisige Kälte erwartete mich zum x-ten Male. Zimmernachbarin hatte also die Fernbedienung für die Klimaanlage gefunden.

„In mein Tun und zu meiner Umwelt Liebe fließen lassen, in mein Tun und zu meiner Umwelt Liebe fließen lassen …“, wiederholte ich wie ein Mantra und suchte nach der Fernbedienung, um die Kaltluft wieder abzuschalten. Spätestens beim Abendessen würde ich mich mit einer Extraportion scharfem Curry wärmen können.

Ich setzte mich auf den Balkon.

„Wolltest du nicht während der Reise mit deinem Buch beginnen?“, erinnerte mich meine nervige Musterschülerin-Stimme.

Ich zuckte zusammen und dachte an Emil. Beim letzten Schreibversuch war er nach wenigen Seiten an Depressionen erkrankt, weil er sich in seine Schulfreundin Luise verliebt hatte. Sie hatte seine Liebe nicht erwidert und stattdessen mit Björn Zettelchen ausgetauscht.

Ich nahm meinen Laptop zur Hand, öffnete das Dokument und lachte über die geschriebenen Seiten. Kopfschüttelnd löschte ich die Datei und öffnete eine neue. Emils Abenteuer tippte ich, und ewig grüßt das Murmeltier, in geschwungener Schrift auf das erste Blatt.

Yogalehrerin-Ausbildung, Tag 5

Halb sechs.
Ich wollte nicht aufstehen; es war erst Dienstag und mein Körper benötigte dringend einen Sonntag. Gequält rollte ich mich aus dem Bett und trottete zur *Pranayama*-Stunde. Meine Muskeln schmerzten bei jedem Schritt. Diesen Rhythmus sollte ich einen Monat lang durchhalten?

„Heute steht unsere Mitte, der Bauch, im Fokus", eröffnete Sri die morgendliche Einheit und fuhr fort, „ein starkes Zentrum ist der Schlüssel, und das gilt nicht nur für die Asana-Praxis."

Ich wurde auf meinem Yogakissen immer kleiner. Sri wusste doch, dass wir bereits gestern bei einem intensiven Core-Programm geächzt hatten. Meine Bauchmuskeln brannten heute noch. Ermattet legte ich das Kissen beiseite und Om-te mit den anderen.

Sri leitete an, die Gruppe folgte schmerzverzerrt. Als würde der Muskelkater nicht genügen, stieß mir auch noch ständig das scharfe Curry von gestern hoch. Ich aß abends viel zu viel. Doch wann sollte ich sonst die Kalorien zu mir nehmen, die ich tagsüber in diesem Bootcamp verlor? Zwischen den Einheiten war es schwierig, wenn ich mich an die Anderthalb-Stunden-vorm-Yoga-nichts-essen-und-trinken-Regel halten wollte.

„Wie soll man reagieren, wenn jemand seinen Unterricht kritisiert? Ich habe Angst, dass meine Schüler meine Kurse nicht mögen“, fragte Chinesin nach der Stunde schüchtern.

„Dann sagst du einfach: Verschwinde gefälligst aus meiner Klasse. Du hast hier nichts zu suchen!“, platzte die temperamentvolle Ilka aus Slowenien heraus, bevor Sri antworten konnte.

Chinesin schaute sie mit großen Augen an. Ich lachte auf. Mittlerweile hatte ich meine Yogatanten allesamt ins Herz geschlossen und liebte ihre Originalitäten.

„Was ist so schlimm daran, wenn jemand deinen Unterricht nicht mag?“, fragte Sri. „Es werden viele Personen begeistert von deinem Stil sein und mindestens genauso viele nicht. Manche mögen deine Handlung also nicht. Wenn du als Ziel für deine Handlungen definierst, dass andere sie perfekt finden, dann handle besser gar nicht. Wenn du dir aber das Ziel setzt, das zu tun, was durch dich fließt, wird es dir egal sein, was andere darüber denken. Denn dann machst du dir nicht die Illusion, dass du selbst deine Handlung bist. Diese Identifizierung ist ohnehin nur ein Streich deines Egos. Merke dir: Du bist die Ausführerin deines Auftrags, nicht mehr und nicht weniger. Ein Baum macht sich auch keine Gedanken darüber, ob sein Schatten Gefallen findet. Er spendet ihn einfach für all jene, die ihn brauchen – ganz gleich, ob andere gerade lieber die pralle Sonne auf ihrer Haut haben möchten.“

Die Gruppe schwieg.

Jetzt taten mir alle alleinstehenden Bäume rund um unsere Unterkunft leid, deren Schatten gerade ungenutzt waren. Vielleicht sollte ich mich in der Pause unter einen stellen.

„Dann hast du in dieser Angelegenheit etwas Gravierendes nicht verstanden“, murmelte meine Besserwisserin-Stimme in mir.

„Und wenn niemand unsere Stunden mag? Wir sind schließlich in einer gewissen Abhängigkeit bezogen auf die Nachfrage“, fragte Chinesin weiter nach.

„Darüber mache dir keine Gedanken, du wirst genau das Publikum anziehen, für das du bereit bist.“ Sri lächelte. Mir blieb also nur, zu hoffen, dass ich für jegliches Publikum bereit war.

„Und es wird auch immer diese eine Person geben, die euch fordern wird. Das ist gut so, immerhin braucht ihr Raum für Wachstum. Dieser Person könnt ihr herzlich danken“, fügte sie hinzu.

Bei der Nachmittagseinheit.

Ich war überrascht, wie gut sich mein Körper anfühlte nd zu wie viel er im Stande war. Der heutige Yogamarathon hatte mir nicht geschadet, das Gegenteil war der Fall. Mein anfänglicher Muskelkater hatte sich mittlerweile beruhigt. Nur mein Geist war erschöpft und nicht mehr zu bändigen. Während der Endentspannung dachte er an *Schokoloko* und *Strawberrydream*. Wie konnte ich es in der kommenden Pause schaffen, mich vor der Meditation kurz aus der Schule zu stehlen, um mir einen Smoothie zu gönnen? Vielleicht war es möglich, wenn ich mich sofort nach dem Om auf den Weg machen würde. Ich öffnete meine Augen einen Spalt und blinzelte zur Uhr. Hoffentlich guckte Sri gerade nicht. Es war 18:02 Uhr. Wenn wir noch weiter überzogen, würden meine Pläne in(-s) (Was-)*Sa-vasana* fallen.

Nach drei unfassbar langen Oms war ich endlich erlöst. Ich stürmte hoch ins Zimmer, um Geld zu holen.

Oh nein! Meine volle Blase rief drängend nach Entleerung. Was war wichtiger: Ein unfassbar leckerer, fruchtiger Smoothie jetzt sofort oder eine leere Blase während der anstehenden Meditation? Beiden Bedürfnissen nachzugehen war in der kurzen Zeit nicht möglich, wenn auch der Gang aufs Klo das kürzere Unterfangen wäre.

Ich packte meine Geldtasche und hatte die Antwort: Natürlich Ersteres!

„Sabine, was machst du da?“, ertönte meine nervige Musterschülerin-Stimme.

„Streberin!“, raunte ich leise verärgert zurück.

Seufzend gestand ich mir ein, dass in meiner Blase momentan wahrscheinlich kein Tropfen Smoothie Platz hatte. Ich gab auf, ging bockig zur Toilette und dann zur anstehenden Einheit.

Im heutigen Meditationsunterricht praktizierten wir die *Vipassana*-Gehmeditation. Eine sich ewig anfühlende Stunde lang gingen wir durch den Raum, stets damit beschäftigt, zu gehen. Jegliche Gedanken, die uns kamen, sollten wir frei von Bewertung wahrnehmen und ziehen lassen, sodass der Fokus bei unserem Gang bleiben konnte. Die wertungslose Haltung sollte es uns ermöglichen, nicht am Denken haften zu bleiben.

Ich ging also so konzentriert und langsam wie möglich vor mich hin und sagte mir: „Gehen-Gehen“. Das sollte ich eine Stunde lang durchhalten? Ich seufzte.

Setzte man die Ferse oder den Ballen zuerst auf den Boden auf?

Ich nahm wahr, dass sich mein Gang durch den

Zeitlupenmodus merkwürdig anfühlte, gehen-gehen. Ich nahm meine müden Füße wahr, gehen-gehen. Gleichzeitig nahm ich Männerfüße neben mir wahr und erschrak. Wladimir beobachtete mich.

Ich fokussierte mich wieder auf meinen Gang. Ich nahm wahr, wie wichtig es mir jetzt war, an nichts zu denken. Ich nahm wahr, wie idiotisch es war, das Nicht(-s)-Denken perfektionieren zu wollen. Ich nahm wahr, wie idiotisch ich in so vielen Lebenslagen war.

Wladimir entfernte sich wieder von mir. Ich nahm wahr, wie viele Gedanken ich damit verbracht hatte, meinen Perfektionismus perfektionieren zu wollen. Das hatte sich bestimmt auf meinen Gang ausgewirkt. Wladimir musste bemerkt haben, dass ich gedacht-gedacht hatte. Ich nahm wahr, dass ich mir wieder Gedanken darüber machte, ob jemand wahrgenommen hatte, dass ich nicht perfekt gehandelt hatte. Ich nahm wahr, wie idiotisch meine Gedanken wieder waren. Ich nahm wahr, dass ich keine Lust mehr darauf hatte, meinen Geist ständig wahrzunehmen. Ich nahm wahr, dass ich mich noch immer nach einem Smoothie sehnte und dass aufgrund der entleerten Blase auch Platz für eine Extraportion Kokosmilch gegeben war. Ich nahm wahr, dass ich müde davon war, meinen Geist wahrzunehmen. Ich nahm wahr, dass ich mir eigentlich nur „Gehen-Gehen" sagen sollte.

Die Stunde war vorüber. Ich war erledigt. Ich hatte gedacht, der Tag voller Asanas sei anstrengend gewesen, doch da wusste ich noch nicht, wie zermürbend es sein konnte, nicht(-s) zu denken.

Wir nahmen im Kreis Platz. Wladimir blickte Zimmernachbarin an.

„Konzentriere dich oder dein Leben ist eine

Verschwendung", sagte er leise zu ihr. Zimmernachbarin schluckte.

Er blickte Gina an, nickte und sagte nur: „Okay."

Sie atmete erleichtert auf und fing zu quasseln an: „Ich war so konzentriert und habe alles gegeben. Danke für dein Feedback, ich liebe Meditation. Ich übe täglich, ich habe da so eine Routine."

Wladimir reagierte nicht. Er blickte zu Ilka.

„Und jetzt werde ich auch anfangen, abends zu praktizieren", hörte Gina nicht auf.

Ich schmunzelte. Wladimir ignorierte sie, verzog keine Miene und sprach zu Ilka: „Es gibt Momente, in denen du konzentriert bist, aber die existieren kaum. Wie hast du vor, dein Leben so zu leben? Beginne, dich selbst zu respektieren, sonst wird es niemand tun. Und finde deine männliche Seite!"

Ilka zuckte zusammen und sagte nichts. Waren wir hier vor Gericht? Ich war empört ob der Ausdrucksweise Wladimirs. Lernen und Wachstum konnten auch anders geschehen.

„Gut ... okay ... in Ordnung", machte er mit den anderen weiter. Und dann blickte er mich an.

„Er weiß bestimmt, dass ich ans Denken gedacht hatte", schoss mir durch den Kopf. Ich fühlte mich wie ein kleines, von seinem Vater zurechtgewiesenes Kind und schluckte. Mit seinem kühlen Blick sprach er: „Erstaunlich. Die Art, wie du gehst, vermittelt mir den Eindruck, du hättest nie etwas anderes getan."

Ich verkniff mir ein Lachen.

„Wo hast du gelernt? Warst du ein Model?", fragte mich Wladimir und fuhr fort: „Ich kann tiefe Konzentration in deinem Geist sehen."

Ich war sprachlos und traute meinen Ohren nicht.

Meinte er das ernst?

Röte stieg mir ins Gesicht. Mit so einem Kompliment hatte ich nicht gerechnet. Wladimirs Gesichtsausdruck blieb steinern. Er ging zur Nächsten über.

„Er denkt, ich sei ein Model gewesen“, sagte ich mir zufrieden. „Er denkt, ich sei ein Model gewesen!“ Ich achtete nicht mehr darauf, was er zu den übrigen Teilnehmerinnen sagte, und grinste. Mein Ego wurde genährt und ich ließ es zu. Diese Streicheleinheit gönnte ich mir nach der Härte der letzten Tage.

„Ab jetzt liebe ich Meditation“, dachte ich und nahm wahr, wie bescheuert es war, durch Lob und Anerkennung die eigene Einstellung zu ändern. Die Menschheit war billig und ich stand mitten in der Rabattaktion.

Er denkt, ich sei ein ehemaliges Model. Mein Grinsen wurde breiter. Ich war zu dumm.

„Besser dumm mit Modelqualitäten als dumm ohne Modelqualitäten!“, ertönte mein Ego. Ach oje, hörte das denn nie auf?

Nach dem Abendessen.
Ich schleppte mich die Treppen hoch Richtung Zimmer. Ich merkte, wie die Lust, mich zwecks Smoothie-Genuss aus der Anlage zu stehlen, erneut aufwallte. Bewusst schnaufte ich durch. Der Begierde impulsiv zu folgen, war so, wie ich Wladimir verstanden hatte, achtloses Verhalten uns selbst gegenüber. Wenn wir uns also selbst respektieren wollten, ging kein Weg daran vorbei, achtsames Verhalten und Disziplin an den Tag zu legen.

Ich atmete noch einmal durch und entschied mich gegen den Smoothie.

Kurz nach meinen gepriesenen Gedankengängen

fand ich mich im Pyjama zum Smoothie-Laden um die Ecke rennen. Einen *Coconut-Berry-Mango-Açaí-*Smoothie und 50 Gramm pure dunkle Schokolade später lief ich mit höchst zufriedenem Bauch zurück zur Schule. Warum sollte ich vernünftig sein, wenn Vernunft einfach nicht gut schmeckte?

„Hattest du heute nicht genügend Training, um noch für einen Spaziergang rauszugehen?“, fragte mich Wladimir am Eingang trocken.

Ich nickte, wischte verschämt meine Mundwinkel sauber und ging auf mein Zimmer.

Yogalehrerin-Ausbildung, Tag 6

Beim morgendlichen Yoga stieß mir unentwegt eine Mischung aus Erdbeer-Kokosnuss-Geschmack hoch. Nach dem gestrigen Smoothie-Abendrausch graute es mir jetzt auch vor den Fruchtmischungen.

„Also endgültig nur noch Reis essen“, dachte ich zerknirscht.

Yogalehrerin-Ausbildung, Tag 7

14:50 Uhr.
Ich hatte keine Lust mehr. Ich brachte keinen Bissen der Chili-Pfeffer-Gerichte mehr hinunter, meine Armgelenke schmerzten und der Gedanke an Smoothies verlieh mir Sodbrennen. Erst eine Woche war vergangen und meine Euphorie hatte sich schlagartig in Niedergeschlagenheit und Unlust verwandelt.

Yogalehrerin-Ausbildung Tag, 8

Die Gruppe keuchte im herabschauenden Hund. Ilka unterrichtete die heutige Einheit.

„Und jetzt in die Krähe", instruierte sie beinahe im Befehlston.

Zum Glück war ich mit den Asanas vertraut, ansonsten hätte ich keine Ahnung gehabt, was zu tun gewesen wäre.

„Was ist los mit dir? Ich habe Krähe gesagt!", korrigierte Ilka Gina plump, als diese im Frosch (*Mandukasana*) gelandet war.

Der Rest der Gruppe prustete los. Gina kniff die Augen zusammen.

„Es ist dein Job als Lehrerin, uns in die Positionen zu führen und kein bloßer Vokabelabruf für uns. Wie wirst du das später einmal machen, wenn deine Schüler die Positionen noch nicht kennen?", antwortete sie verärgert.

Und da sage mir noch einer, dass Yoga entspannend wirke.

Beim Abendessen.

Die Damen diskutierten die Frage, ob Triple- oder Single-Extensions die bessere Wahl seien. Chinesin wollte sich eine Wimpernverlängerung machen lassen.

„Das Wichtigste ist, dass es natürlich aussieht“, meinte Ilka bestimmt. Chinesin nickte zustimmend.

„Ich denke, am natürlichsten würde es aussehen, keine zu machen“, meinte ich bewusst naiv. Den Sarkasmus konnte ich mir dabei nicht verkneifen.

Die Ladies schauten mich kurz irritiert an und lachten dann zögerlich. Was war ich hier nur in einem Hühnerhaufen gelandet! Mir fielen Wladimirs Worte an Ilka ein: Sie solle ihrem Leben mehr Raum für ihren männlichen Part geben.

Sollte ich mich im Gegensatz dazu dem Weiblichen zuneigen? Ich hatte einmal gehört, dass jeder von uns sowohl das Weibliche als auch das Männliche in sich trug. Doch was war das Weibliche? Nachdem ich die Mädels seit einer halben Stunde über Wimpernverlängerungen hatte reden hören, wollte ich mich am liebsten in eine männliche Ecke verkriechen. Andererseits hatten klimpernde Kunststofffächer an den Augen für mich genauso wenig mit Weiblichkeit zu tun wie der Testosteron-Überschuss in einem Fußballstadion.

Was war also Weiblichkeit? Was war die tiefe, sinnliche Weiblichkeit für mich? Ich dachte an das Yin-Element und an die Eigenschaften, die ihm zugeschrieben werden: Wasser, innen, Gefühle, Hingabe, Entspannung, heilend, Ruhe, langsam, Intuition, spirituell ... kamen mir ins Bewusstsein. Allein darüber nachzudenken, stimmte mich ruhig und verlieh mir ein entschleunigendes Gefühl.

Und wie lebte ich diese Weiblichkeit?

„Indem du aufhörst, zu schaffen und anfängst, erschaffen zu werden. Dort, wo du dich dem Prozess hingibst, und vom Ziel löst, wird der süße Nektar der

Weiblichkeit durch dich fließen“, flüsterte eine zarte Stimme in mir.

„Mich vom Ziel lösen“, wiederholte ich gedanklich. Tun um des Tuns halber und nicht für die getane Arbeit.

Es war für mich an der Zeit, den Prozess, also den Weg als solchen, lieben zu lernen.

Ich lehnte mich zurück. Mich dem, was passierte, hinzugeben, das fühlte sich für mich nach Weiblichkeit an. Ganz gleich, wohin die Reise auch gehen mochte und wie ich dabei aussehen würde. Mich zu schmücken, wenn mir danach war, und mich gleichzeitig roh und ungeschliffen zu lieben. Dort würde ich den Nektar der Weiblichkeit finden.

„Und dort überlässt du auch jedem anderen die eigene Definition von Weiblichkeit“, flüsterte die Stimme wieder. Ich schmunzelte ob dieses subtilen Hinweises.

„Jedenfalls habe ich jetzt einen Termin beim Friseur und muss los. Ich schlage vor, ihr kommt mit“, unterbrach Chinesin meine Gedanken und fügte augenzwinkernd hinzu: „Die Krähe sieht so viel besser aus mit einer guten Frisur.“

Yogalehrerin-Ausbildung Tag, 9

„Den Baum interessiert es nicht, ob du schwarz oder weiß bist, er spendet dir Schatten - egal, wie empfindlich deine Haut der Sonne gegenüber ist", demonstrierte der Philosophielehrer Jai die Natürlichkeit der Ausführung unserer Aufträge.

Der Baum war in seinem arteigenen Zustand und hatte kein Ego, das ihn von seinem Zweck abhalten konnte. Yoga sollte uns in unseren natürlichen Zustand zurückbringen und uns diese Klarheit verschaffen. In diesem Zustand würden wir intuitiv erkennen, was unsere Aufgabe war. So, wie der Baum ohne zu fragen Schatten spendete, konnten wir mit unseren Aufgaben verschmelzen und sie ausführen. Durch Yoga durften wir vergessen, was wir in Bezug auf Prägungen und Vorbilder erlernt hatten und anfangen, die eigene Natur zu leben.

Ich nickte. Die yogische Philosophie fühlte sich wahr an. Das Ego immer kleiner werden zu lassen, führte dazu, dass ich immer authentischer handeln konnte. Dann war ich nicht von verschiedenen Gesichtern und Prägungen (fremd-)bestimmt, sondern konnte meine Authentizität ungehindert fließen lassen. Gefühle wie Peinlichkeit, Scham oder Schmerz waren bloß Illusionen, die uns das Ego vorspielte.

„Wer ist Ich?“, fragte Jai in die Gruppe. „Ist mein Ich Lehrer? Yogi? Ein Mann? Schwarz? So lange wir in der Ich-Form denken und sprechen, sind wir im Ego. So lange wir uns damit identifizieren, werden wir auch glauben, anders zu sein. Das Gleiche gilt für jede Religion“, fuhr er fort, „zu sagen ‚Ich bin Christ, du bist Buddhist‘ bedeutet nichts anderes als ‚Ich bin anders als du‘. Versteht ihr?“ Wir nickten. „Sobald die Schale des Egos um uns herum geschmolzen ist, spüren wir unseren tiefen, liebenden Kern und die unendliche Freude, unser Licht. Dann können wir fühlen, dass wir eins sind.“

„Wenn es das Ich nicht gibt und das Wir eins ist, gibt es auch kein Alleinsein“, überlegte ich. Oder gerade dann herrschte stets und überall All-ein-Sein.

„Aber in Religionen gab es doch auch Personen, die in dieser Liebe waren, oder? Buddha, Jesus, Mohammed und wie sie alle heißen haben doch auch ihr Licht in die Welt getragen. Was meinst du dazu?“, fragte ich neugierig.

Jai nickte und entgegnete: „Natürlich, diese Personen haben das Licht erlebt und ihr Wissen weitergegeben. Mach dir ein eigenes Bild davon, wie die Menschheit das Wissen teilweise interpretiert und auslegt. Das Wichtige für Wachstum ist nicht das Erlernen, sondern das Erleben. Um nur ein Beispiel zu nennen: Wenn du Wärme und die Sonne nicht kennst, könnte ich dir stundenlang erzählen, wie es sich anfühlt, von der Sonne geküsst zu werden. Dein Erlernen wäre nicht annähernd das Gleiche wie dein Erleben, wenn du dich für einige Minuten nach draußen stellst und selbst die Sonne auf deiner Haut spürst. So wurde über die Generationen hinweg viel Wissen weitergegeben, dem ein lichthafter Kern innewohnt. Die Menschheit hat sich aber vom Spüren, Erleben, Umsetzen und Ausprobieren entfernt. Wissen ist nicht reine Kopfsache. Wissen verlangt es, erlebt, ausprobiert und dadurch erweitert zu werden. Aber das ist ein anderes Thema.

Was ich euch noch mit auf den Weg geben möchte: Wer selbst das Licht erlebt, wird Leuchten teilen. Also stellt euch in die Sonne, erlebt die Sonne! Wie lang und unbequem dieser Weg dorthin auch manchmal scheinen mag."

Ich nickte eifrig und war gespannt auf die kommenden Philosophiestunden. Yoga war mein Weg, das spürte ich immer mehr. Aber warum musste mein Weg daraus bestehen, mich ständig zu verrenken? Mein Muskelkater war heute schlimmer denn je.

Ich seufzte.

Am Abend.

Es war Samstag, die Mädels hatten sich zum Ausgehen verabredet. Auch ich hatte meine Yogaleggings ausnahmsweise gegen eine gewöhnliche schwarze Leggings getauscht.

„Ihr solltet auch weniger Kleidung tragen, ich habe mich so freizügig angezogen!", rief Ilka lachend und lief auf uns zu.

Wir prusteten los.

„Lasst uns losgehen", forderte sie uns auf, zog ihren pinken Minirock zurecht und überprüfte ihre roten Lippen mit einem Blick in den Taschenspiegel. So verschieden sie und ich auch waren: Ich liebte es, wie originell sie auftrat und wie sie in den schillerndsten Farben strahlte.

Ich blickte zu meinen Beinen hinunter. Im Vergleich zu ihrem Outfit wirkten meine einfachen schwarzen Leggings noch unscheinbarer und langweiliger. Mir selbst das Schillern zu erlauben, stand wahrscheinlich noch auf der To-do-Liste meines Prozesses.

In der Cocktailbar war mit Ilka kaum ein Gespräch anzufangen. Ihre ganze Konzentration zielte darauf ab, einen Schmollmund zu formen und möglichst sexy ihren Mojito zu schlürfen, um dann, wenn jemand sie anblickte, gelangweilt auf ihr Handy zu starren. „Bewältigte Ilka mit dieser Fokussierung die Meditationen, wäre sie wahrscheinlich schon erleuchtet", dachte ich schmunzelnd.

Von Yogaspirit wurde auf Wochenendmodus umgeschaltet. Die Cocktails flossen, die Fotos wurden mit Filtern bearbeitet und die Lippen schmollten. Ilka wurde von einem gestylten Briten angesprochen; ich nutzte die Gelegenheit, um mich zu verabschieden.

Yogalehrerin-Ausbildung Tag, 10

5:25 Uhr.
Der lang ersehnte freie Sonntag war endlich angebrochen - und ich konnte nicht mehr schlafen. Zu sehr hatte ich mich an den Rhythmus der letzten Tage gewöhnt. Mein Körper stand in den Startlöchern für die übliche *Pranayama*-Stunde. Ich rollte mich noch einmal auf die andere Seite, fand aber nicht mehr in den Schlaf zurück. Irritiert stand ich auf und packte noch viel überraschter die Yogamatte unter den Arm: Mein Körper wünschte sich ganz offensichtlich ein paar Sonnengrüße zum Aufwachen. Die bekam er.

Danach spazierte ich für ein Frühstück in die Stadt. Ich dachte an die Philosophiestunden der Vortage und an die Schatten der Bäume.

Was würde einmal mein Schatten sein? Was war meine Aufgabe? Ich war ungeduldig und konnte die Antwort darauf kaum erwarten.

Im nächstbesten Lokal nahm ich Platz. Ich blickte auf die Straße: Touristen tummelten sich eifrig. Endlich ein freier Sonntag, doch was sollte ich damit anfangen? Mein Körper war müde von der Woche, aber darauf wollte ich keine Rücksicht nehmen. Ich wollte den freien Tag nutzen, man kam nun mal nicht alle Tage nach Bali. „Entspannen kann ich, wenn ich zuhause bin“, dachte ich ungeduldig.

Der Gerstengrassaft schmeckte zwar ... gesund und der Smoothie lecker (meine Übelkeit schien wieder vergangen zu sein), doch mir fehlte etwas (der Zauber der ersten Zeit?). Gelangweilt schlürfte ich den Saft aus.

„Beginne, dein Glas selbst zu füllen und du wirst nie wieder auf den Wasserhahn angewiesen sein“, erinnerte ich mich an Jais Worte aus einer der vergangenen Einheiten.Und wie geht das?

„Indem du dein eigenes Tempo wählst und die damit verbundenen Gefühle zulässt“, flüsterte meine innere Stimme mir zu. „Nur du kannst dir deine Bedürfnisse erfüllen und dafür bedarf es, sie wahrzunehmen. Solange du den jetzigen Zustand von dir wegdrückst und lieber woanders sein möchtest, bleibt der Schalter, der deinen Fluss fließen lässt, ebenfalls inaktiv.“

Ich bestellte eine Kokosnuss, lehnte mich in meinem Stuhl zurück und beobachtete das Treiben auf und an der Straße nun mit einem Lächeln. Mein Takt gab Entschleunigung vor, ihr wollte ich heute folgen. Und so sickerte das Kokoswasser durch meine Kehle.

Yogalehrerin-Ausbildung, Tag 11

Heute war ein guter Tag. Ich spürte, wie meine hintere Oberschenkelmuskulatur lockerer wurde. Wer weiß, wie lange es nun noch dauern mochte, bis mein herabschauender Hund (*Adho Mukha Svanasana*) nicht mehr wie eine widerspenstige Hyäne aussähe? Zu spüren, dass und wie mein Körper flexibler wurde, erfreute mich ähnlich wie Geburtstag, Weihnachten und eine glutenfreie Pizza zusammen. Es fühlte sich befreiend an, mobiler und offener zu sein.

Im Philosophieunterricht.

„Glücklichkeit und Traurigkeit gehen Hand in Hand", sagte Jai. „Glücklich zu sein bedeutet lediglich das Nicht-Vorhandensein von Traurigkeit. In diesen Zustand kommen wir nur durch unser Ego. Ihr könnt euch die beiden Polaritäten auf einem Kontinuum vorstellen. Sobald du etwas gernhast – dir also etwas wichtig ist –, kann Traurigkeit in dein Leben geraten, denn dann kannst du es auch verlieren. Gehst du gelöst durch dein Leben, bist du mit allem in Einklang und dir kann nichts genommen werden. Dann bist du in einem Zustand der gediegenen Zufriedenheit."

Je weniger mir wichtig ist, desto schöner ist mein Leben, zog ich gedanklich das Fazit.

„Wie bereits gesagt: Je weniger Ego in deinem Leben ist, desto mehr tiefe Freude wirst du spüren“, fuhr Jai fort.

„Wie ist das dann mit der romantischen Liebe?“, fragte ich in der Hoffnung auf Antworten.

„Zuerst ist es wichtig, Liebe zu definieren. Verliebtsein erleben wir, wenn unserem Ego gefällt, was eine Person ausmacht, sagt oder tut. Zur Liebe kommen wir, wenn wir bei dieser Person wir selbst sein können und trotzdem oder gerade deshalb geliebt werden. Personen, die uns so mögen, wie wir sind, sind nichts anderes als ein Schlüssel, um unseren inneren Kern der Freude und Liebe zu befreien. Wenn wir die geliebte Person sehen oder an sie denken, schaltet unser Geist für einen Moment die Gedanken des Egos aus und wir können spüren, was in uns ist. Wir dürfen nicht vergessen, dass wir auch selbst diesen Kern befreien können – durch Meditation zum Beispiel.

Wenn uns eine Person wichtig ist, kann natürlich auch Traurigkeit in unser Leben treten. Das Ganze ist eine knifflige Angelegenheit.“

„Wem sagst du das, Bruder?“, entgegnete ich gedanklich. Ich seufzte.

Aber es musste doch möglich sein, eine Person zu lieben und dennoch frei durchs Leben gehen zu können. Oder etwa nicht? War das dann die Bereitschaft zu lieben mit dem Einverständnis, die Person jederzeit wieder gehen zu lassen, wenn sie oder das Leben es so wollte?

Wollte ich es irgendwann aus meinem immer noch andauernden Partnerschaftsblues herausschaffen, sollte ich mich diesem Experiment widmen. War jetzt der beste Zeitpunkt dafür?

Jai fuhr fort: „Je weniger wir denken, desto näher sind wir diesem Urzustand auch im Alltag. Je mehr Verlangen wir hingegen verspüren, desto mehr Gedanken sind in unserem Geist, desto weiter sind wir von unserer Natur entfernt.“

Eigentlich klang die Rechnung simpel und logisch. Eigentlich. Notiz an mich selbst: Ich wollte von jetzt an nichts mehr mögen und nichts mehr wollen. Verdammt, dies zu wollen, war ein Widerspruch in sich.

Ich überlegte, in welchen Bereichen ich das Wollen sonst noch erlebte. Tausend Dinge fielen mir ein, aber vor allem meine Sehnsucht danach, meine Berufung zu finden (das riesengroße Thema bezogen auf *ihn* ließ ich hier aus).

„Dennoch schön zu wissen, dass ich alles in mir trage“, dachte ich und lächelte. So erinnerte ich mich wieder an das Wort Alleinsein und seine Bedeutung: mit allem eins zu sein.

Yogalehrerin-Ausbildung, Tag 12

Jai knüpfte an die gestrige Stunde an.

„Auch alles Wissen ist bereits in uns. Es ist da, aber im Alltag nicht zugänglich, denn es würde unser Ego überfordern. Also ist es gut versteckt im Unterbewusstsein. Meditieren wir, so ist unser Geist frei, um sich mit diesem Wissen zu verbinden. Die Verriegelung zum Unterbewusstsein kann so entschärft werden."

Ich nickte. Das ergab für mich Sinn und entsprach dem, was ich bisher gelesen und gelernt hatte.

„Das ist das Gleiche, wie Drogen zu nehmen, oder? Also lasst uns diese anstrengende Ausbildung hinschmeißen, trinken wir ein paar Bier und organisieren uns Gras!", platzte Ilka erschöpft heraus.

Ich lachte laut auf. Sie schaffte es immer wieder, mich aus der Fassung zu bringen.

In vollkommener Ruhe erklärte Jai weiter: „Drogen können zwar bis zu einem gewissen Grad Verriegelungen öffnen, aber nicht zur Gänze. So kann unser Geist in Verwirrung geraten, er fängt an, zwischen dem Bewusstsein und Unterbewusstsein hin und her zu springen. Die Entwicklung von Angststörungen und anderen psychischen Erkrankungen ist dann nur eine Frage der Zeit. Erspart euch das Chaos und setzt euch auf ein Meditationskissen!"

Yogalehrerin-Ausbildung, Tag 13

Ich saß wieder hinter unserer Schule und blickte auf die saftig-grünen Palmen und die nährend wogenden Reisfelder.

Die zurückliegenden Tage meiner Ausbildung waren im scheinbar ewig gleichen Trott vergangen, knappe zwei Wochen standen mir noch bevor und ich vermisste mein inneres Feuer.

Jeder Tag glich dem anderen und ich ertappte mich dabei, nicht mehr präsent zu sein. Während des Yogaunterrichts dachte ich an die nächste Mahlzeit, während des Essens an meinen Mittagsschlaf und während der Pause wusste ich nicht, wie ich die freie Zeit nutzen sollte.

Anfangs war ich ständig in Gedanken gewesen in Bezug auf das, was die Zukunft bringen sollte, aber als ich ernüchtert realisiert hatte, es einfach nicht zu wissen, machte es auch keinen Sinn mehr, darüber nachzudenken.

Wie wollte ich die restliche Zeit hier verbringen? Wo fand ich Bereicherung? Mir wurde der sich täglich wiederholende Tagesablauf mit den ständig gleichen Menschen zu eintönig. Ich langweilte mich hier. Doch wie konnte das sein, wenn doch alles in mir war, was ich brauchte?

Ich sehnte mich nach dem Gefühl der beständigen Freude und seufzte (mal wieder). Ungeduld war hier wahrscheinlich nicht hilfreich.

Meine juckenden Beine unterbrachen meine Gedanken. Erst jetzt bemerkte ich, dass ich inmitten einer Ameisenstraße saß. Bevor ich aufsprang, beobachtete ich die kleinen Tierchen für einen Moment. Wie zielstrebig sie durch ihr Leben werkten, faszinierte mich und ich beneidete sie um ihre Klarheit.

„Ameisen müssen sich keine Gedanken darüber machen, was ihr Schatten ist", dachte ich, „und sie müssen dafür nicht einmal meditieren. Sie führen einfach ihren Auftrag aus."

Ich musste mich in der Meditation einfach mehr anstrengen. Dann würde ich früher oder später mein Ego verringern und die Klarheit der Ameisen und Bäume erlangen. (Oh nein, schon wieder ein Wunsch!)

Ich erinnerte mich an die Worte von Sri. Egal, welche Position wir erlernten, sie sagte stets grinsend: „Easy, oder?" Vielleicht hatte sie recht und es war tatsächlich alles ganz einfach.

Bei der Meditationseinheit.
Wladimir erzählte uns von der *Vipassana*-Meditation. Ich erinnerte mich an meine Schweigewoche zurück.

„Während *Vipassana*-Kursen wird im Zeitraum von zehn bis sechzig Tagen edle Stille praktiziert", erklärte er. „Edle Stille bedeutet Stille in Körper, Sprache und Geist. Jede Art von Kommunikation mit den Mitmeditierenden ist in dieser Zeit untersagt."

Sechzig Tage? Das waren zwei Monate!

Die Gedanken an die Qualen der ersten Tage meiner Schweigewoche kamen in mir hoch. Wie mochte es sich wohl anfühlen, zwei ganze Monate lang zu schweigen? Ich dachte an meinen Geistesblitz an Tag vier damals: die erfüllende Vorstellung, als Autorin und Yogalehrerin tätig zu sein. Welche Geistesblitze einem wohl innerhalb von zwei Monaten kämen?

Aber, ach: Wie sollte ich die Geistesblitze umsetzen, wenn ich doch so viel Zeit mit Meditieren verbrachte?

Yogalehrerin-Ausbildung, Tag 14

Halb sechs am Morgen.
„Ich hatte gestern eine Vision! Lasst uns alle für einen Tag *Vipassana*-Meditation machen!“, rief uns Gina jubelnd noch vor der ersten *Pranayama*-Stunde entgegen.

Wie konnte man stets so euphorisch und gut gelaunt sein? Um diese Uhrzeit war ich froh, wenn ich meinen großen Zeh dazu überreden konnte, sich aus der Bettdecke zu wagen und nicht länger in seiner Federwolke zu verkriechen. (Wobei Federwolke übertrieben war. Die Matratze war gefühlte hundert Jahre alt und die Bettdecke roch nach den Klamotten meiner Oma.)

Nach Pranayama.
Die Mädels waren hellauf begeistert von Ginas Idee. Ich war hin- und hergerissen bei dem Gedanken, noch einmal so ein Gefühlschaos zu erleben wie in den ersten Tagen des Schweigezentrums.

Sri erzählte von ihren jährlichen Schweigerückzügen. Für drei Wochen sprach sie dann nicht und meditierte den Großteil des Tages. Dieses Jahr wollte sie sogar vier Wochen lang schweigen.

„Ich kann nicht beschreiben, was in diesen Wochen

mit mir passiert", schwärmte sie.

„Wenn sie das vier Wochen aushält, kann ich das wenigstens für einen Tag", dachte ich, „außerdem habe ich es schon einmal für eine Woche geschafft, dann kann ein Tag nicht so schwer sein."

„Komm schon, Sabine", gab Gina mir den letzten Ruck, „das wird bestimmt lustig ... oder zumindest erkenntnisreich!"

Ich stimmte ihr also zu.

Später besprachen wir den folgenden Tag und Spanierin notierte die Regeln eifrig am Flipchart.

„Keine Handys?! Habt ihr sie noch alle? Das geht zu weit, Leute!", schrie Ilka vollkommen entgeistert. „Warum auch! Ich dachte, wir halten einfach für einen Tag unsere Klappe und das war es."

Ich konnte nicht sagen, ob ihr Gesicht Wut oder Verzweiflung ausdrückte. Die Mädels begannen laut zu diskutieren. Spanierin schenkte der Auseinandersetzung keine Aufmerksamkeit und schrieb entschieden weiter: „Keine Handys, Bücher, Laptops, Tablets, verbale und nonverbale Kommunikation, also auch kein Augenkontakt ..."

Yogalehrerin-Ausbildung, Tag 15

Halb sechs in der Früh.
An meine Schweigezeit erinnert zählte ich gedanklich Dinge auf, für die ich dankbar war: Erstens: Danke, dass sich mein Kopfstand in den letzten Wochen drastisch verbessert hat. Zweitens: Danke, dass Gina mir einen Tritt in den Hintern verpasst und die Idee, zu schweigen, durchgesetzt hat. Drittens: Danke für alles, was noch auf mich zukommen wird.

Andächtig ging ich auf den Balkon, betrachtete die Morgenstimmung und sagte mir: Danke, dass jeder Morgen Wunder bereithält. Leise, ganz für mich, reimte ich weiter:

„Die schönsten Geschichten entstehen,
wenn wir beginnen, die Wunder darin zu sehen.

Und welches Wunder hält das Leben für uns bereit?
Durch uns findet die Geschichte ihre Wirklichkeit.

Welche Wege wir dafür auch nehmen,
am Ende entsteht das,
wem oder was wir unseren Glauben geben."

„Das wird mein neues Lieblingsgedicht", dachte ich lächelnd. Schade, dass ich meinen Notizblock nicht verwenden durfte.

Leise schritt ich die Treppe hinunter zur *Pranayama*-Stunde, nahm mir ein Kissen und setzte mich wie immer in die erste Reihe neben die Statue. Heute versuchte ich, meinen Rücken besonders zu strecken und in die Länge zu ziehen. Auch in der darauffolgenden Yogastunde genoss ich es, wacher zu sein, und spürte, wie sich mein Körpergefühl in den letzten Wochen in großen Schritten geändert und den Herausforderungen angepasst hatte.

Beim Frühstück.
„Guten Morgen!", begrüßte uns eine neue balinesische Küchenhilfe am Frühstücksbuffet strahlend und wünschte uns guten Appetit.

Es brach mir das Herz, bloß auf ihre Füße sehen und sie weder begrüßen noch eine Geste der Dankbarkeit ausdrücken zu dürfen.

Ilka stellte sich am Buffet an. Die Küchenhilfe flüsterte ihr ein „Enjoy!" zu – Ilka prustete los und konnte sich nicht mehr halten. Mein Bauch zog sich zusammen – welch unangenehmes Gefühl, die arme Frau nicht über unseren Schweigetag aufzuklären.

Nach dem Mittagessen ging ich zu den Reisfeldern. Ich kam an Ilkas Balkon vorbei, auf welchem diese sich gerade ihre Nägel rot lackierte, und machte bei meinem Lieblingsplatz halt. Mein Blick wurde von saftig-grünen Feldern und Palmen gesäumt. Wie viel mir doch an den anderen Tagen durch den Blick auf mein Handy entgangen war! Ich beschloss, wieder handyfreie Vormittage oder zumindest Morgen einzuführen, das hatte ich nach meiner Schweigewoche auch eine Zeit lang beibehalten. Mein Gehirn konnte einfach anders funktionieren, wenn es nicht ständig von außen stimuliert wurde. Außerdem hatte ich einmal gehört, dass es Langeweile benötige, um kreative Prozesse anzukurbeln – dem würde mein Buchprojekt (und andere Wunder) bestimmt dankend entgegentreten. Lenkte ich mich hingegen durch ständige Erreichbarkeit ab, kam ich nicht an diese kreative Schwelle. Also mehr Mut zum Abschalten und zur Langeweile!

Andererseits … ob aus dem Buch überhaupt etwas werden würde? Ob es Gefallen finden würde?

Ich seufzte. Zweifel kamen in mir auf und ich hatte keine Ahnung, ob diese Stimmen dem *FM Käse-Kanal* angehörten oder wohlmeinende Warnungen waren, dass ich mir doch bitte wieder einen Job suchen sollte.

Schon wieder machte ich mir über das Ziel meiner Handlung Gedanken, ohne die Freude des Wegs zu spüren. Am Ende des Tages war es aber schlichtweg egal, wie viele Destinationen ich erreicht hatte – ich war immer nur an einem Ort.

Die Neugierde, was mein Schatten war oder sein konnte, ließ mich einfach nicht los. Ich erinnerte mich daran, wie klar ich damals den Ruf gehört hatte, meinen Job zu kündigen und hierher zu fliegen.

Was auch immer die Zukunft bereithalten würde: Solange ich auf die Kokosstimme hörte und ihr folgte, würde mir mein Auftrag nicht entgehen. Eines hörte ich sie schon jetzt laut rufen: „Folge deinen Impulsen und spar dir die vielen kritischen Gedanken!"

Ich atmete erleichtert auf. Vielleicht gab es im Leben gar nicht diesen einen Auftrag, der uns eines Tages glasklar vor die Füße fiel. Vielleicht lag unser täglicher Auftrag darin, auf die leise, zarte Stimme in uns zu hören, die mir heute einfach nur sagte, dass ich einen Moment lang innehalten sollte, um für mich da zu sein. Vielleicht führte mich diese Stimme dann auf die höchsten Gipfel und ich sah erst rückblickend, welchen Schatten ich der Welt gespendet hatte.

Beim Mittagessen.
Ilka saß mir mit mittlerweile grün-blauen Nägeln gegenüber und würfelte sich energisch ein Tofu-Stück nach dem anderen hinein. Nach einer Weile stellte sie die Schüssel geräuschvoll auf den Tisch und schnaubte genervt. Ich packte meinen Teller und flüchtete aus ihrem Ärger-Radius in den Schatten eines Mangobaums.

„Danke für deinen Auftrag", flüsterte ich ihm gedanklich zu.

Ilka ging an mir vorbei, nahm Eimer und Schwamm und schrubbte alle Yogamatten sauber und blank.

„Vielleicht sollten wir Schweigetage öfter einführen", dachte ich schmunzelnd.

Yogalehrerin-Ausbildung, Tag 16

5:25 Uhr.

Ich ließ mein Handy ausgeschaltet und öffnete das Fenster. Wie jeden Morgen rief der Nachbar-Hahn halsstark.

„Danke für Wunder", flüsterte ich nach draußen, machte ein paar Sonnengrüße (ich war von mir selbst überrascht, das noch vor dem Unterricht zu tun) und spazierte zur *Pranayama*-Stunde.

„Guten Morgen!", rief Ilka von Weitem. „Ach, bin ich froh, dass dieser langweilige Tag vorbei ist! Wie geht's?"

„Hervorragend", entgegnete ich lachend.

Ja, so ging es mir tatsächlich. Ich wusste nicht, was sich geändert hatte, aber irgendetwas war anders.

Gut gelaunt nahm ich mir eine Matte. Wie jeden Tag hatte Sri auch heute einen Spruch an die Tafel geschrieben: „Ships don't sink because of the water around them, ships sink because of the water that gets inside. (Unknown)"

Ich nickte. Vielleicht ging es im Leben darum, zu lernen, sich mit der Flut treiben zu lassen, und nicht darum, das Schiff ins Trockene zu bringen. Ohne Wasser käme es immerhin nicht vom Fleck. Wir waren die Kapitäne unserer Schiffe und konnten selbst entscheiden, ob wir die Unterdeckfenster aufmachen wollten oder eben nicht.

Diese Vorstellung gefiel mir. Ich malte mir eine wunderschöne, weiße Yacht aus, die mit goldenen Details verziert war und von Licht und Liebe angetrieben wurde. Ja, auf dieser Yacht war ich die Kapitänin. Licht und Liebe brachten mich weiter und Stürme konnten meine alten Prägungen umso mehr abschütteln.

Neun Uhr.

Die *Ashtanga*-Einheit war zu Ende. Von Glücksgefühlen überströmt saß ich zufrieden im Smoothie-Laden um die Ecke. Ich hatte heute eine neue Position gemeistert. Das Wort „gemeistert" behielt ich dabei für mich, denn „du wirst nie eine Position meistern", hatte uns Sri bereits in der ersten Stunde erklärt. Es wäre stets ein Weg, den man mit den Asanas gemeinsam ging.

Lächelnd schlürfte ich meinen Smoothie und fragte die Kellnerin nach dem WLAN-Passwort.

„Iloveyou", erwiderte sie mit einem Lächeln.

„Oh, ich dich auch!", antwortete ich in Gedanken.

Yogalehrerin-Ausbildung, Tag 17

In der Philosophiestunde.
„Chakren führen dem Menschen feinstoffliche Schwingungen von außen zu“, erklärte Jai. „Dies wird erreicht, indem sie sich um eine stabile Achse drehen, die einen Sog erzeugt.“

Die von den Chakren aufgenommenen Schwingungen waren Wegweiser für unsere Gefühle und Gedanken und zeigten unsere spirituelle Entwicklung auf. Über Chakren konnte Energie aufgenommen werden. Wenn sie aber blockiert waren, konnte dem Körper nur wenig Lebensenergie zugeführt werden. So würden Krankheiten entstehen.

Ich nickte, das klang interessant.

„... und dieses Chakra ist bedeutend für den Sinn des Lebens. Wenn du das große Ganze noch nicht sehen kannst, ist dieses Chakra bei dir vielleicht blockiert“, unterbrach Jai meine Gedanken.

Ich zuckte zusammen. „Verdammt, ich habe nicht aufgepasst“, fluchte ich innerlich und fragte mich, um welches Chakra es sich gerade gehandelt hatte.

„Vielleicht trifft das auf mich zu“, meldete sich Ilka zu Wort. „Was ist schon der Sinn darin, aufzustehen, geschäftig herumzuschwirren, zu glauben, seine Probleme lösen zu müssen, um am Ende ohnehin zu sterben?“

Ich nickte. Was war der Plan hinter dieser Sache?

„Vielleicht wird sich dieses Chakra schon bald bei euch lösen“, ermutigte uns Jai. Und wie? Welch Überraschung: Meditation würde dabei helfen.

Am Abend.

Die anderen debattierten gerade, was sie an dem morgigen freien Tag unternehmen wollten. Endlich stand wieder ein Tag Pause bevor, der mit der Qual der Wahl einer Entscheidung einherging. Ich hielt mich zurück und wollte mich der Mehrheit anschließen. Die Ausbildungszeit hatte bereits die Halbzeit überschritten und ich entschied mich dafür, die letzten Tage mit den anderen zu verbringen. Allein würde ich früh genug wieder sein.

„Ich fahre morgen zum Strand. Wer mitkommt, kommt mit, der Rest darf sich auf den Zimmern verkriechen und Däumchen drehen“, sagte Ilka entschieden. Sie aß den letzten Bissen Tofu und fuhr dann fort: „Mädels, jetzt ein anderes Thema: Ich werde hier völlig verrückt! Seit Tagen habe ich schon kein Make-up mehr aufgetragen, es ist bei der hohen Luftfeuchtigkeit sinnlos, meine Haare zu stylen und generell laufe ich nur noch in Trainingsklamotten herum. Ich verliere mich und vermisse die alte Ilka. Sie war immer perfekt gestylt! Hier bin ich ständig verschwitzt und stinke. Und selbst wenn ich mich stylen würde, wäre mein Make-up bei dem ständigen Workout sofort zerronnen.“

Yogalehrerin-Ausbildung, Tag 18

Am Vormittag.
Ich aß ein paar Nüsse mit getrockneten Feigen und blickte auf die Reisfelder. Unweit von mir stach ein Bauer sein Feld um. Meine Gedanken wanderten zu den vergangenen Philosophie-Stunden. Würde man Kindern bereits in jungen Jahren bewusst machen, dass sie alles in ihrer Hand bzw. in ihrem Lotussitz trugen, würde sich die Lebensqualität erheblich steigern.

„Das Erste, was ich meinen Kindern einmal beibringen will, ist die Meditation", dachte ich schmunzelnd und weiter, dass sie alles in sich tragen, das Leben voller Möglichkeiten steckt und ich nichts weiß, sondern es nur manchmal zu wissen glaube. Hoffentlich verwirre ich sie damit nicht! Lächelnd blickte ich in die Ferne.

Der Bauer kam näher. Er nickte mir zu und fragte, woher ich sei. Ich erzählte von meiner Herkunft und erkundigte mich nach seiner Arbeit. Er deutete auf sein Feld und erwähnte, dass er außerdem als Chakren-Heiler in der Stadt arbeitete. Ich riss die Augen auf – das musste ein Zeichen sein! Ich fragte nach seinem Namen und seiner Adresse.

„Ketut, schön dich kennenzulernen", erwiderte er mit einer kleinen Geste.

Meine Augen wurden größer.

„Der Ketut Liyer?“, fragte ich ungläubig und dachte an Ketut aus *Eat Pray Love*. Der Heiler, durch den die Protagonistin dieses Buchs ihrer Erleuchtung ein Stück nähergekommen war.

Er schüttelte den Kopf und erinnerte mich daran, dass Ketut ein gängiger Name auf Bali war; jeder Viertgeborene trug diesen Vornamen. Dennoch schrieb ich seine Adresse auf (wer weiß?), bedankte mich für das Gespräch und spazierte zu den anderen zurück.

Ich war kurz davor, den beiden Taxifahrern gut zuzureden, nachdem Ilka sie in Grund und Boden verhandelt hatte. Endlich hatte sie den Preis akzeptiert, den wir für die einstündige Fahrt zum Strand zu zahlen hatten, und wir machten uns mit zwei Wagen auf den Weg.

Während der Fahrt erinnerte ich mich wieder an die vergangenen Meditationseinheiten und versuchte, meine Gedanken aus der Vogelperspektive zu betrachten.

„Ist manchmal spannender als die Welt da draußen, oder?“, unterbrach der Taxifahrer meine nach innen gerichtete Aufmerksamkeit.

Ich stimmte ihm lächelnd zu und wir kamen ins Gespräch. Welch netter Gesprächspartner! Nach einer Weile kramte er in seinem Handschuhfach und holte eine zerknitterte Visitenkarte heraus.

„Das ist was für dich, Madam“, sagte er und reichte mir die Karte.

Ich blickte erst auf die Karte und dann fragend zu ihm. Er erzählte von seinem Bruder, einem Heiler. War denn die halbe Bevölkerung Balis Heiler, Yogalehrer oder Taxifahrer? Wie viele Heiler hatte diese Insel noch zu bieten, und warum kamen sie alle auf mich zu? Sah ich so bedürftig aus?

Abgesehen davon war die Geste des Taxifahrers natürlich nett. Wer wusste schon, wofür ein Besuch bei seinem Bruder gut sein konnte?

Und wieder notierte ich mir Kontaktdaten, sicher war eben sicher.

Am Strand.
Nach kurzem Gerangel hatte Ilka uns einen Tisch in einem der Lokale gesichert, erste Reihe mit Meerblick. Ich bat das Paar, das nun leer ausgegangen war, um Entschuldigung und nahm peinlich berührt Platz.

Die roh-vegane Spaghetti Bolognese schmeckte hervorragend. Mein Bauch war gefüllt und glücklich und die satte Ilka war definitiv entspannter als die hungrige. Zufrieden verabschiedete ich mich von den Mädels, die kurzentschlossen zur nächsten Cocktailbar weiterzogen, und suchte mir einen Platz am Strand. Ich stürmte ins Meer und genoss den Wellengang. Jegliches Negative in mir war wie weggewaschen.

Danach saß ich Kokosnusssaft schlürfend und meine Füße im Sand vergraben da und blickte auf die unendliche Weite des Ozeans. Eine Schmuckverkäuferin spazierte an mir vorbei und sprach mich an, wir kamen ins Gespräch. Sie erzählte mir stolz von ihrer Arbeit, ihrem Mann und ihrer Tochter. Sie arbeitete sieben Tage die Woche ganztags am Strand und in der Nacht knüpfte sie die Bänder, die sie tagsüber verkaufte. Wie war das nur möglich, und dann noch mit einer einjährigen Tochter?

„Ich habe Glück, mein Mann arbeitet nachts, so kann er tagsüber auf die Kleine aufpassen“, erklärte sie. Das nannte sie Glück?

„Aber wir haben elf Feiertage im Jahr, an denen ich

in den Tempel gehen kann“, fügte sie rasch hinzu, als ihr mein entgeistertes Gesicht auffiel.

„Kein Urlaub? Keine Ferien?“, dachte ich fassungslos, behielt meine Gedanken aber für mich, denn ich wollte ihre Freude über die elf freien Tage nicht schmälern. Stattdessen fragte ich nach ihrem Alter. Sie war erst vierundzwanzig und strahlte trotz der für mich widrigen Umstände eine Zufriedenheit aus, wie ich sie auch gern hätte.

Sie fragte, ob ich verheiratet sei. Ich schüttelte den Kopf.

„Dreißig Jahre alt und kein Mann? Keine Kinder? Oh!“ Sie schaute mich mitfühlend an und sprach mir gut zu, dass ich mir keine Sorgen machen müsse, immerhin hätte ich ein gutes Herz.

Irritiert runzelte ich die Stirn. Jetzt war ich diejenige, die bemitleidet wurde? Erst wollten mich alle heilen und jetzt wurde ich von einer Frau, die rund um die Uhr arbeitete, bedauert?

Yogalehrerin-Ausbildung, Tag 19

„When I was young and had to give some formal teachings, because I was not thinking that we are all the same, I would experience anxiety. I would forget that I am just talking as a human being to fellow human beings. I would think of myself as something special and that kind of thinking would make me feel isolated. It is this sense of separateness that isolates us from other people. In fact, this kind of arrogant way of thinking creates a sense of loneliness, and then anxiety. (Dalai Lama)", stand auf der Tafel zu lesen.

„Wir alle sind Schüler", dachte ich berührt, „die Angst davor, sich zu blamieren, ist nichts anderes als der Glaube, etwas Besseres zu sein." Das musste ich mir merken. Es gab keinen Grund für Scham und Peinlichkeit, wir waren alle gleich.

Während des Unterrichts.

Eigentlich war unser Gehirn simpel konzipiert, man musste lediglich etwas Neues erlernen und schon bekam man einen Glückshormoncocktail gratis dazu.

In der heutigen Einheit lernten wir Elemente aus dem Acro-Yoga. Ich flog zum ersten Mal und wurde mit den schönsten Gefühlen belohnt.

„Ich will für den Rest meines Lebens auf Bali Kokosnüsse schlürfen, Yoga praktizieren und Sonnenuntergänge betrachten", dachte ich euphorisch. Ob der Plan aufgehen würde?

Ich dachte an meine gestrigen Begegnungen zurück. Konnte ein Heiler wirklich heilen oder war das bloß die menschengemachte Projektion des Wunsches nach Lösungen?

„Wie erkennt man eigentlich einen Heiler?", fragte ich Sri nach dem Unterricht.

„Du wirst ihn erkennen, wenn du dir die Frage erst gar nicht stellst", antwortete sie lächelnd.

Wahrscheinlich hatte sie recht. Wahrscheinlich konnte ich mir die Touri-Show sparen und wahrscheinlich wäre meine Geldbörse auch dankbar dafür. Wahrscheinlich sollte ich vernünftig sein. Wahrscheinlich war es nur eine Frage der Zeit, hier auf Heilende zu stoßen, und hatte nichts mit einer schicksalhaften Begegnung zu tun. Ich seufzte.

Ach was, wer brauchte schon Vernunft – ich war zu neugierig, um mir das Angebot entgehen zu lassen. Ich rief den Bruder des Taxifahrers alias Heiler Numero 2 an, um einen Termin zu vereinbaren. Immerhin war ich ihm noch nie begegnet. So konnte ich Sris Ratschlag, einen Heilenden daran zu erkennen, wenn man sich die Frage nicht stellt, ja erst dort anwenden.

In der Philosophiestunde.

„Menschen setzen das Leben mit der gleichen Bewusstseinsstufe fort, mit der sie die irdische Welt beim vergangenen Mal verlassen haben. So habe ich es von meinen Lehrern frei von religiösen Anschauungen überliefert bekommen. Wir arbeiten uns quasi Leben für Leben hoch, bis wir all unsere Aufträge hier erledigt haben und vom Ego losgelöst sind", erklärte Jai.

„Das ist ja wie bei *Super Mario*", kicherte Ilka.

„Kann man so sagen", schmunzelte Jai, „und es gibt noch ein paar Specials zu beachten: Je höher unser Bewusstsein, desto geringer ist unser Ego. Im Leben geht es darum, das Bewusstsein anzuheben und das Ego zu verringern. Auf diese Weise erleben wir Zufriedenheit - den Frieden in uns. Außerdem wollen wir schlechtes Karma abbauen und gutes sammeln, aber dazu ein andermal mehr", erklärte Jai.

„Wie können wir das Ego schrumpfen?", fragte er in die Runde. Niemand reagierte, also beantwortete er seine Frage selbst: „Das Ego wird kleiner, wenn das Bewusstsein angehoben wird. Das Bewusstsein erreicht beispielsweise durch Meditation eine höhere Stufe, aber auch durch jegliche Aktivitäten, bei denen wir uns verbunden fühlen. Außerdem liegt ein erster Schritt darin, das Ego wahrzunehmen und anzuerkennen, dass wir nicht damit identifiziert sind. Wir sind nicht unser Ego, wir sind nicht unsere Gefühle. Wir haben sie. Und von allem, was man hat, kann man sich lösen oder es zumindest verringern."

Kurzweilig könne man sein Ego auch minimieren, indem man beispielsweise zu Alkohol greife.

„Nachdem sich unser Bewusstsein durch Alkohol nicht erhöht, wachen wir am nächsten Tag mit denselben Problemen auf und können diese Freude, die wir alkoholisiert verspürt haben, nicht mehr wahrnehmen", erklärte er.

„Leute, anscheinend führt kein Weg an Meditation vorbei", zog Spanierin seufzend das Fazit.

Die Stunde war vorüber. Ilka brannte aufgeregt darauf, uns eine Frage zu stellen: „Mädels, was meint ihr: Ist ein Nabel- oder ein Nippel-Piercing besser?“ Ihre ernste Miene bezeugte die Wichtigkeit dieser Angelegenheit.

Ich war überrascht, dass sie mich immer wieder aufs Neue überraschen konnte. Damit, dass sie sich nach einer solchen Stunde über so etwas Gedanken machen würde, hatte ich nicht gerechnet.

Später.

Ich saß auf dem Balkon und verfiel in Gedanken. Was, wenn der Sinn des Lebens lediglich darin bestand, genau das zu tun, was in mir war, ohne den Grund dafür zu kennen? Vorausgesetzt natürlich, ich schadete der Welt dadurch nicht.

Vielleicht waren unsere Handlungen wie Puzzleteile eines Eine-Milliarde-Teile-Puzzles: Wenn man am Anfang war, wusste man noch nicht, welches Bild entstehen würde. Man startete einfach mit den ersten Kombinationen, die einem ins Auge fielen.

„Außer man blickt auf den Deckel der Verpackung“, meldete sich meine nervige Besserwisserin-Stimme zu Wort.

Ich seufzte. Hörte das denn nie auf?

Yogalehrerin-Ausbildung, Tag 20

Nichts Aufregendes war passiert. Meine Hüfte und mein rechtes Knie schmerzten und ich zweifelte wieder an meiner Bestimmung, Yogalehrerin zu werden, was mich in negative Gedankenschleifen in Bezug auf meine Zukunft brachte. Konnte ich nicht zumindest einen kurzen Blick auf den Puzzledeckel erhaschen? Hoffentlich konnte Heiler Numero 2 das richten.

Yogalehrerin-Ausbildung, Tag 21

Nach dem Abendessen.
Ich saß in dem Hinterzimmer eines kleinen Studios am Stadtrand. Das Leder des roten Stuhls, auf dem ich Platz genommen hatte, war abgeblättert und roch nach der alten Couch meiner Großeltern. Ich erzählte dem Heiler mittlerweile seit einer gefühlten Ewigkeit von meinem Liebeskummer, dem eigentlich guten Leben, das ich zurückgelassen hatte, dem Beschluss meiner inneren Stimme, dem Mehr zu folgen, und den plagenden (Selbst-)Zweifeln und Zukunftssorgen, die damit einhergingen.

Ich war traurig, aber auch ein wenig hoffnungsvoll. Vielleicht stimmte es doch und Balis Heiler konnten es (gleich mich) noch hinbekommen. Der Heiler schien jedenfalls völlig unbeeindruckt von meinen zerknirschten Lebensperspektiven und blickte mich scheinbar gleichgültig und doch warmherzig an.

„Wahrscheinlich ist das ganz normal. Wahrscheinlich bin ich ganz normal", dachte ich mir, „wahrscheinlich ist es ganz normal in der heutigen Gesellschaft und im heutigen System, von Sorgen und Zweifeln geplagt zu werden. Wahrscheinlich sitzen Leute, wie ich es bin, so einem Heiler tagtäglich gegenüber. Also bin ich wahrscheinlich doch nicht so merkwürdig, wie ich immer denke."

Aber impliziert Häufigkeit automatisch auch Normalität?

In ruhigem Tonfall bat mich der Heiler, meine Augen zu schließen. Ich tat wie geheißen und war gespannt, was mich erwarten würde. Leise Trommelmusik, die immer lauter und energischer wurde, ertönte um mich herum. Wo kam die denn auf einmal her? Jetzt begann der Heiler auch noch, unverständliche Silben zu singen, zu schreien, zu jaulen.

„Also doch eine bloße Touri-Show", dachte ich immer noch voreingenommen.

Und dann berührten mich seine Laute. Er murmelte beschwörend vor sich hin. Ich entspannte mich immer mehr und genoss die Eindrücke, die all das in mir hervorriefen.

Ich fühlte mich, als wäre ich gerade in einem Zuhause angekommen, das ich bislang noch nicht gekannt hatte. Ich fühlte mich angenommen. Da wollte ich immer stark sein, doch nichts fühlte sich in diesem Moment befreiender an, als in meiner Stärke schwach zu sein. Eine angenehme Ruhe breitete sich in mir aus. Lächelnd lauschte ich den Geräuschen und Tönen um mich herum.

Der Heiler sprach nun wieder zu mir: „Und jetzt befindest du dich in deinem Urzustand, deinem natürlichen Zustand – weg von allen Erfahrungen hier auf der Erde. Weg, weg, weg. Du bist Ursprung. Ganz. Du bist, was du immer warst und immer sein wirst."

Ich ließ mich von seinen Worten führen. Alles schien weiß und hell um mich zu sein. Ich fühlte mich immer leichter, als ob ich an die Hand genommen und an einen Ort gebracht würde, der schon lange auf mich gewartet hatte.

Eine tiefe Zufriedenheit machte sich in mir breit. So hatte ich mich niemals zuvor gefühlt. Selbst die Zufriedenheit, die ich nach einem *No-bake Chocolate Cake* in mir trug, konnte die jetzige um Längen nicht einholen. Diese jetzige tiefe innere Zufriedenheit war vielmehr wie eine zarte Frucht. Doch diese Frucht verlangte nicht, gegessen zu werden, denn ich selbst war sie. Sie brachte eine leichte Süße mit sich, keine dominante, sich in den Vordergrund stellende, sondern vielmehr eine erfrischende wie die einer Kokosnuss. Sie beherbergte einen Kern, der mit einer fruchtigen Frische durch das Leben floss und so gut beschützt und eingebettet war, dass die Zufriedenheit und das Lebenswasser für immer bleiben konnten.

Meine Kokosnuss schwebte irgendwo zwischen Wolken, Sonnenstrahlen und anderen Früchten in einer himmlischen Sphäre. Außerdem leuchtete sie. Sie leuchtete in den schönsten Farben und strahlte so hell, dass sich ihr Licht manches Mal anhand von Regenbögen oder Lichtspielen sogar auf der Erde zeigte.

So und noch viel schöner fühlte ich mich jetzt. Ich wollte meine Augen nie wieder öffnen, ich wollte hierbleiben und mich den ganzen Tag daran erfreuen, wie hell ich war und wie gut ich schmeckte.

Ich hörte die Stimme des Heilers nur noch aus der Ferne und konnte seinen Worten kaum Beachtung schenken. Warum sollte ich noch eine menschliche Erfahrung machen, wenn es doch hier so viel schöner war, als ich es auf der Erde je erlebt hatte? Warum Mensch sein, wenn ich *alles* sein konnte?

Die Worte des Heilers wurden wieder deutlicher.

„Mit diesem Gefühl gehst du jetzt in die Situationen, die du mir gerade geschildert hast", leitete er mich an.

„Solange ich meine Augen geschlossen halten darf, tue ich alles, was mir der Heiler sagt", dachte ich lächelnd. Und auf einmal fühlte sich alles so unfassbar leicht an. Alles, was ich ihm kurz zuvor vorgejammert hatte, betrachtete ich jetzt aus einer neutralen Perspektive. Egal, mit welchen Zukunftssorgen, Selbstzweifeln oder mit welchem Liebeskummer meine Kokosnuss konfrontiert wurde: Ich realisierte, dass meine Kokosnuss voll ist, immer voll gewesen war und immer voll sein wird. Nichts und niemand konnte ihr das Kokoswasser nehmen – bis auf meine Vorstellungskraft.

Warum sollte ich mir Gedanken und Sorgen machen, wenn ich doch einfach in dieser süßen Zufriedenheit weilen konnte? Wie unnötig und belustigend meine Emotionspalette doch war, wenn ich auch in mir ruhen konnte. Und doch wollte die Fülle an Gefühlen manchmal gefühlt werden.

Meine Kokosnuss wollte jetzt entdecken, wie es sich anfühlte, im Menschsein zufrieden zu sein und zu strahlen.

Sie wollte mich auch in der Menschlichkeit daran erinnern, vollständig und ganz zu sein. Vielleicht war es meine Aufgabe, mir und allen anderen Kokosnuss-Inhabern genau dies ins Gedächtnis zu rufen: Meine Kokosnuss ist bis obenhin mit Kokoswasser gefüllt, sie benötigt keinerlei Wasser von außen. Das Einzige, wonach sie sich sehnt, ist, von mir selbst gehört zu werden.

Ich konnte mit ihr lernen, mein Strahlen mit anderen zu teilen, Welten zu erhellen, mit dem Leben zu fließen und die Süße auch ohne Schale in mir tragen zu dürfen. Ja, das war wohl mein Auftrag, und den wollte ich erfüllen. Ich wollte meiner Kokosnuss die Menschlichkeit zeigen und sie zeigte mir dafür alles andere, was sie noch für mich bereithielt. Ja, dafür würde ich meine Augen wieder öffnen.

Yogalehrerin-Ausbildung, Tag 22

In der Früh.
„Guten Morgen“, flüsterte ich meiner inneren Kokosnuss zu, „was willst du heute entdecken und lernen?“

Alles war beim Alten und doch war alles neu für mich. Ich fühlte mich nach der gestrigen Erfahrung wie eben erst geboren.

Im Philosophieunterricht.
„Kein Mensch dieser Welt ist schlecht“, begann Jai die Stunde.

Gina runzelte die Stirn. „Was ist mit Leuten, die im Gefängnis sitzen? Die haben doch allesamt etwas Schlimmes begangen“, protestierte sie.

„Es gibt schlechte Handlungen und es gibt gute Handlungen. Der Mensch bleibt in seinem Wert stets unverändert, nur seine Handlungen können variieren“, erklärte der Philosophielehrer in Ruhe weiter. „Sagst du einem Kind, wenn es etwas angestellt hat, dass es böse oder schlecht ist, wird sich das Ego des Kindes mit dem Bösen identifizieren und glauben, schlecht zu sein. Es wird glauben, dass das Schlechte es ausmacht.“

Die Gruppe war still und horchte gespannt.

„Und was wird passieren, wenn man glaubt,

schlecht zu sein?“, fragte er in die Runde.

„Weitere schlechte Handlungen“, antwortete Spanierin.

Jai nickte.

„Was wird passieren, wenn nur die Handlung als schlecht deklariert wird, das Kind sich aber nicht mit der Eigenschaft des Schlechten identifiziert?“ Jai machte eine Pause. „Dann können nach schlechten Handlungen gute folgen“, beendete er das Beispiel.

Das ergab Sinn und ließ sich auf alle Menschen umlegen. Eine Handlung war dann schlecht, wenn jemandem oder etwas Schaden zugefügt wurde. Sich selbst zu beurteilen oder zu verurteilen, zählte ebenfalls dazu, denn wir waren nicht unsere Handlungen.

Meine Angst vor Fehlern schwand. Was auch immer wir taten oder getan hatten, war nicht das, was uns ausmachte, sondern das, was wir bis dahin gelernt hatten.

„Jede Handlung hat einen Effekt. Karma ist ein Echo, das zurückkommen wird, egal wie lange es auch dauern mag. Im Leben geht es darum, schlechtes Karma abzubauen, damit wir so wenig wie möglich davon ins nächste Leben mitnehmen.“

Ich konnte es kaum erwarten, Annika zuhause von meinen Erkenntnissen zu erzählen. Nach der gestrigen Reise zu mir und der heutigen Philosophiestunde fühlte ich mich leichter, und das lag definitiv nicht am dritten Teller Linseneintopf, den ich mir zu Mittag gegönnt hatte.

Yogalehrerin-Ausbildung, Tag 23

5:25 Uhr.

Der letzte Tag meiner Ausbildung stand bevor. Ich machte ein paar Lockerungsübungen auf dem Balkon und genoss die Morgendämmerung. Der Nachbar-Hahn krähte wieder wie wild. Sentimental schritt ich die Treppen hinunter zur Yogaklasse.

Ein neues Zitat stand auf der Tafel: „There are only two mistakes one can make along the road to truth: not going all the way, and not starting. (Gautama Buddha)"

Eine wohlige Wärme breitete sich in meinem Körper aus, ich nahm einen tiefen Atemzug und lächelte zufrieden.

„Danke für mein Losgehen", flüsterte ich.

Sri gab uns Tipps, wie wir unsere Schüler in den jeweiligen Asanas ausrichten sollten.

„Achtet darauf, dass eure Schüler keinen Dinosaurier-Rücken machen", wies sie uns an.

„Was ist denn bitte ein Dinosaurier-Rücken?", fragte Spanierin.

„Sabine, kommst du bitte nach vorne und gehst in den herabschauenden Hund?", bat mich Sri.

Ich tat wie geheißen und präsentierte, voilà, den besagten Rücken. Meine gute Laune kippte schlagartig. Ich war entrüstet und verärgert. Hätte sie mir das nicht auf eine charmantere Art und Weise schon früher mitteilen können? Wie sollte ich selbst einmal unterrichten, wenn ich das So-nicht-Paradebeispiel war? Ich schnaubte. Mein Ego platzte vor Wut. Außerdem tat mir alles weh. Meine Handgelenke brannten, und dass ich jetzt der Yoga-Dino mit Gelenkproblemen war, machte es nicht besser.

„Meine Kokosnuss ist zufrieden, meine Kokosnuss strahlt, meine Kokosnuss ist gefüllt“, murmelte ich wie ein Mantra vor mich hin. Vergeblich.

Später bat ich Sri, mir zu zeigen, wie ich die Übung richtig ausführte. Das Asana fühlte sich jetzt um einiges leichter an und der Druck im Handgelenk schwand.

„Vielleicht war der Vorfall sogar gut, so kann ich mich später einmal noch besser in meine Schüler einfühlen“, dachte ich und musste über mein (noch) viel zu großes Ego lachen.

Mir fiel der zweite Spruch an der Tafel auf: „The past is history, the future is a mystery and the present is a gift - that's why they call it the present. (Winnie-the-Pooh)"

Ich schmunzelte. „Mir ein Winnieh-Puuh-Hörbuch anhören“, kam auf meine gedankliche To-do-Liste. War höchste Zeit, mich wieder einmal wie Kind zu fühlen. Übertragen ins Deutsche konnte ich auch ohne Winnie etwas damit anfangen:

Wie die Redewendungen „Ich habe hier ein Präsent für dich“ oder „präsent sein im Augenblick“ verdeutlichten, war die Gegenwart also uns aller Geschenk.

In der Mittagspause.

Ich huschte zu meinem Lieblingscafé. Meine Zeit hier neigte sich dem Ende und ich wollte die herrlichen

Smoothies noch ein letztes Mal auskosten. Die Kellnerin erinnerte sich meiner und begrüßte mich überschwänglich. Am Ende wollte sie sogar ein Foto mit mir machen. Waren hier sonst nicht so viele Touristen oder hatte ich mich als *Jurassic-Park*-Attraktion mittlerweile herumgesprochen? Ach, sei's drum: Ich hatte ja nichts zu verlieren.

Auf dem Weg zurück kaufte ich beim Minimarkt noch ein paar Kleinigkeiten. Auch hier wurde ich von einer über beide Wangen lächelnden Verkäuferin begrüßt. Hatte ich etwas im Gesicht oder warum grinste mich jeder so an?

„Keine Smoothie-Reste um den Mund", stellte meine Zunge fest; ich wischte mir sicherheitshalber noch einmal über die Lippen. Wahrscheinlich sollte ich mich endlich an das scheinbar grund- und wunschlos glückliche Volk hier gewöhnen.

Ich unterrichtete die letzte Einheit. „Nimm noch einen tiefen Atemzug ein", leitete ich die Gruppe in der Endentspannung *Savasana* an. „Du kannst dir nun geistig drei Dinge nennen, die du hier lernen durftest."

Ich nahm ebenfalls an der Übung teil und überlegte. Erstens: Ich weiß jetzt, wie man einen Hunde- und keinen Dino-Rücken macht. Zweitens: Ich erinnere mich an Gandhis Zitat und daran, keine Angst mehr vor Fehlern zu haben, denn wir alle sind Schüler auf unserem Weg – wir alle sind gleich. Drittens: Das Leben ist eine fruchtige Entdeckungsreise meiner gefüllten Kokosnuss.

Ich lächelte. „Und jetzt zähle drei Dinge auf, für die du heute dankbar bist", gab ich der Gruppe vor und schloss mich wieder gedanklich an. Erstens: Danke für alles, das in mir ist. Zweitens: Danke für meine Vergangenheit, meine Gegenwart und meine Zukunft. Drittens: Danke für Wunder.

Abschließend leitete ich die Gruppe dazu an, sich geistig drei Intentionen für die Zukunft zu nennen. Ich machte erneut mit. Erstens: Ich will in Zukunft auf einen geraden Rücken achten (bald bin ich nicht mehr Dino-Yogini, sondern flexibel wie eine Balletttänzerin). Zweitens: Ich will bei mir und bei meiner Kokosnuss bleiben, was auch kommen wird. Drittens: Ich will den Glauben an Wunder und an mich stets bewahren.

Am Abend, bei der Abschlusszeremonie.

Ich legte mein weißes Gewand an, band meine Haare zu einem Zopf und schmückte mich mit Ohrsteckern.

„Endlich bin ich wieder ich selbst", jubelte Ilka, zog den Lippenstift nach und zupfte ihre Frisur zurecht.

Ich lachte und tat es ihr gleich. Vielleicht bedeutete Weiblichkeit für mich, vieles zu sein - einmal geschmückt und lackiert, ein anderes Mal natürlich und unverblümt. Vielleicht bedeutete weiblich zu sein, alles zu sein. Oder vielleicht bedeutete Sein im Allgemeinen einfach alles. Ich lächelte.

Sri, Jai und Wladimir riefen uns einzeln nach vorne und übergaben uns feierlich die Urkunden mit Blumenketten. Die Zeremonie konnte nicht kitschiger gestaltet sein, doch ich liebte es genau so und nahm mein Zertifikat mit leuchtenden Augen entgegen.

Ich hatte es geschafft. Ich stand am Ende und am Anfang.

In neue Abenteuer (ein-) tauchen

Am Morgen.
Ich praktizierte ein letztes Mal für mich im Studio, packte meine Sachen und verabschiedete mich von den anderen. So unterschiedlich wir auch waren: Ich hatte sie alle ins Herz geschlossen.

In meinem Lieblingscafé empfing mich Happy-Smile-Kellnerin fröhlich.

„Papaya-Smoothie und *Berry-Dream*-Bowl?", fragte sie mich, ohne mir die Menükarte zu reichen.

Ich erwiderte ihr Lachen und nickte – dem war nichts hinzuzufügen.

Melancholisch blickte ich auf den menschenvollen Bürgersteig: Übermorgen würde meine Rückreise starten.

„Welches Abenteuer wartet hier noch auf mich?", fragte ich mich neugierig und nahm den Reiseführer aus meiner Tasche. Ich schlug das Büchlein wahllos drei Mal auf, nahm meinen Notizblock zur Hand und zerriss ein Blatt Papier in ebenso viele Teile. Nacheinander schrieb ich die Destinationen auf und knüllte die

Papierstücke zusammen. Danach zog ich blindlings eines davon und entfaltete das Zettelchen gespannt.

„Tulamben", las ich und schlug den Reiseführer auf der entsprechenden Seite auf.

„Tulamben – ein Paradies für Taucher: Dich erwarten Makrelenschwärme, Büffelkopf-Papageienfische und Riffhaie", war in fettgedruckter Schrift zu lesen.

Ich schluckte.

„Nein!", kreischten alle meine inneren Stimmen im Einklang und waren sich diesmal einig: Mit den Tiefen des Meeres war ich bisher noch nicht vertraut und wollte es auch nicht sein. Außerdem scheute ich es, zu tauchen, nachdem ich als junges Mädchen beinahe in der Badewanne ertrunken war. Jetzt konnte ich darüber lachen, aber als ich mit meiner Ente Quaksi spielend in der Wanne gehockt und, plötzlich ausgerutscht, im Schock nicht mehr hochgekommen war, war mir ganz und gar nicht zum Lachen zumute gewesen.

Ich klappte den Reiseführer zu und steckte ihn entschieden in die Tasche. Gedankenverloren schlürfte ich meinen Smoothie. Abgesehen von meinem Respekt der Tiefe gegenüber: Haie? Hatte ich ernsthaft Riffhaie gelesen? Und das sollte diese Tauchregion noch attraktiver machen? Das konnte nur ein schlechter Scherz sein.

„Ich kann auch ein anderes Zettelchen ziehen", überlegte ich und biss mir auf die Unterlippe.

„Kannst du nicht und das weißt du genau. Außerdem hast du dir erst gestern die Intention gesetzt, nicht nach der Angst zu handeln", beendete meine immer parate Musterschülerin-Stimme nervig die Gedankenkreise.

Ich schlug das Buch wieder auf. Tulamben klang

gar nicht so schlecht. Es lag im Nordosten Balis, abseits des Tourismus. Außerdem sah der schwarze Sandstrand eindrucksvoll aus. Ob ich tatsächlich tauchen würde, konnte ich ja noch vor Ort entscheiden.

„Unterkunft in Tulamben", gab ich in die Internetsuche ein.

Lauter Hotels, die auch Tauchschulen waren, ploppten auf.

„Unterkunft in Tulamben ohne Tauchschule", aktualisierte ich meine Suche.

Wieder lockte jede Unterkunft mit Tauchangeboten. Kopfschüttelnd buchte ich ein Zimmer in einem der Resorts. Die Taucheinheit konnte ich schließlich auch ins Wasser fallen lassen. Wie der Buchungsbestätigung zu entnehmen war, würde ich mir das Zimmer mit einer weiteren Person teilen, das war günstiger und kam mir somit entgegen (Smoothies und Kimonos sei Dank).

Ich nahm den letzten Schluck meines Smoothies und spazierte los, um einen Bus nach Tulamben zu buchen. Die Insel zu überqueren, würde knapp drei Stunden dauern. Ich willigte ein und kaufte das Ticket.

Eine wenig luxuriöse Fahrt zu zehnt in einem Achtsitzer stand mir bevor – ohne Klimaanlage.

Wie erwartet war die Fahrt nicht erholsam. Verschwitzt und mit brummendem Kopf – ich hatte mir bei jeder Straßenunebenheit den Kopf am Surfboard über mir gestoßen – kam ich in Tulamben an. Die Straßen waren im Kontrast zum Süden menschenleer. Willkommen im Norden Balis.

Ich gab den Namen meiner Unterkunft in mein Handy ein. Kein Signal – mein Handy suchte vergebens Empfang und gab, erschöpft wie auch ich, den Geist auf. Verschwitzt marschierte ich blindlings in eine Richtung.

„Brauchst du Hilfe?“, rief mir ein Balinese von seinem Moped aus entgegen. Was war dieses Volk bloß hilfsbereit! Ich nickte und fragte nach dem Weg.

„Soll ich dich hinbringen?“, fragte er.

Ich zuckte innerlich zusammen und die Fahr-nie-mals-nie-mit-Fremden-Regel ertönte laut in meinem Kopf (ein Hoch auf meine gute Erziehung).

Der Mann schien zu verstehen und fuhr nun im Schritttempo neben mir her, während ich den Hügel hochging. War das zu glauben?

Seine herzliche und offene Freundlichkeit half mir weiter. Natürlich auch, dass er mir den Weg zeigte.

Endlich war ich angekommen. Ich bedankte mich überschwänglich bei meinem temporären Wegbegleiter und spazierte in die Anlage.

Das Resort erinnerte mich an Cluburlaube aus meiner Kindheit. Ein wohliges Gefühl breitete sich in mir aus.

Das Personal war - wie konnte es anders sein - beinahe schon unheimlich freundlich. Die Blumen waren gegossen, die Grashalme geschnitten und die Pools voll mit tauchwütigen Chinesinnen, die gerade ihren ersten Tauchgang vorbereiteten.

Nach dem Check-in legte ich mich an den Pool und schaute den tauchenden Frauen zu. Sie trugen Neoprenanzüge im Schnitt von knappen Badeanzügen und langen Strapsen, die von unten bis über beide Knie ragten. Interessantes Bild, wie ich fand. „Ilka würde der Look bestimmt gefallen“, dachte ich und griente in mich hinein.

Beim Abendessen.
Ich hatte mich mit meiner Zimmernachbarin zum Essen verabredet.

„Es gibt nichts Schöneres, als mit Fischen zu schwimmen, du wirst es lieben. Apnoetauchen ist dann das nächste Level", schwärmte sie, nachdem ich ihr meine Abneigung gegenüber dem Tauchen geschildert hatte.

Ich schaute sie fragend an.

„Also ohne Sauerstoff", erklärte sie den Begriff.

„Oh", entgegnete ich mit offenem Mund.

Der Kellner unterbrach unser Gespräch und wollte die Bestellung aufnehmen. Mein Gaumen freute sich schon darauf, sich durch die einheimische Speisekarte zu probieren. Fürs Erste bestellte ich eine Portion *Nasi campur*, was so viel wie gemischter Reis, also ein Reisgericht mit unterschiedlichen Beilagen, bedeutete. Dazu bat ich um ein Glas *Brem* (Reiswein). Vielleicht half ein Schluck davon bei meinen mulmigen Gefühlen in Bezug auf einen möglichen Tauchgang.

Nach der Bestellung fuhr meine Zimmernachbarin mit ihren Erfahrungen in der Unterwasserwelt fort. Sie erzählte von der überwältigenden Tierwelt, die das Meer zu bieten hatte, von ihren Erlebnissen mit den – ihrer Meinung nach – scheuen und ungefährlichen Riffhaien vor einigen Tagen und von ihrer Besorgtheit über den Rückgang der Artenvielfalt der Meeresbewohner im Verlauf der letzten Jahre.

Bali, vorletzter Tag

5:25 Uhr.
Ich wachte im üblichen Yogarhythmus auf, zog meine Shorts über, klemmte mir die Matte unter den Arm und ging zum Strand. Es war noch stockdunkel, als ich den ersten Sonnengruß mit Meeresrauschen im Ohr begann.

Ich saß im Fersensitz und praktizierte Herzöffnungen. Sonnenstrahlen wärmten mittlerweile meine Brust.

„Danke für Jetzt", dachte ich lächelnd.

Ein Sprung ins klare Wasser vollendete den erfüllenden Morgen.

Beim Frühstück war viel los. Taucher in spe tummelten sich überall und stärkten sich für die bevorstehenden Ausflüge. Ich nahm eine extragroße Portion Papaya und schlürfte einen Bananen-Smoothie.

Ohne mir weiter den Kopf zu zerbrechen, meldete ich mich an der Rezeption für eine Tauchstunde an. Gesagt - getan: Meine Lehrerin erwartete mich schon am Pool.

Nach der gefühlt hundertsten Unterschrift, mit der ich meine gesundheitliche Fitness wieder und wieder schriftlich bestätigte, meldete sich das mulmige Gefühl in der Magengegend erneut. Ich überflog das Kleingedruckte, zuckte bei den Wörtern „möglicher Todesfall" kurz zusammen und ließ es dann bleiben, den Vertrag zu lesen. Ich unterschrieb blindlings. Auch die Besprechung möglicher Gefahrensituationen baute mich nicht gerade auf. Gedanklich listete ich Für und Wider eines Tauchganges auf, bemerkte schockiert viel mehr Punkte dagegen als dafür und ließ letztendlich mein Bauchgefühl entscheiden, das auf der Pro-Seite stand. Ich hüpfte in den Pool und befolgte die Übungen.

„Das ist doch entspannt", atmete ich nach den ersten Übungen auf, „vor einem Jahr hätte ich dabei noch Panikattacken geschoben und jetzt bleibe ich in meiner Ruhe. Yoga sei Dank!"

Weiter ging es ins offene Meer.

„Ich bin Dorie!", hätte ich beim Anblick der vielen Fische um mich herum am liebsten losgeschrien (zum Glück erinnerte ich mich im letzten Moment daran, dass das bei meinem momentanen Aufenthaltsort in Kombination mit der Atemsituation semioptimal wäre). Vergnügt paddelte ich los und machte mich auf die Suche nach Nemo. Zahlreiche Clownfische schwammen mir entgegen. Wenn das im echten Leben nur auch so auf Knopfdruck ginge mit *meinem Nemo* ...

Obwohl es in den Tiefen deutlich kälter war, wurde mir warm ums Herz. Die Fische verzauberten mich und ich fühlte mich wie auf einem anderen Planeten. Da glaubte man zu wissen, was Mutter Natur zu bieten hatte, und wurde dann so überrascht.

„Sich öfter Ängsten stellen und von Tiefen verblüffen lassen", notierte ich auf meiner geistigen To-do-Liste.

Wir tauchten weiter nach unten. Wo lauerten also die besagten Haie? Ich wurde neugierig.

Im Restaurant.
Erleichtert und stolz genoss ich den Meerblick. Haie hatte ich keine entdeckt, das behielt ich mir für das nächste Mal vor.

„Eine Portion *Plecing kangkung* ohne *kangkung*", orderte ich beim Kellner. Spinat mit scharfer Sauce ohne scharfe Sauce. Er lachte.

Neugierig googelte ich nach den Fischen, die ich eben unter Wasser gesehen hatte.

„Nemo ist ein Transsexueller", zog eine Überschrift meine Aufmerksamkeit auf sich. Verdutzt las ich, dass die Jungtiere zunächst männlich waren. Der größte Fisch einer Gruppe entwickelte sich zu einem Weibchen. Würde das Weibchen von einem Raubfisch gefressen werden – wie Nemos Mutter im Film – konnte sich der Papa zu einem Weibchen umwandeln. Ich war begeistert. Wenn Tiere ihr Geschlecht ändern konnten, würde ich ja wohl mein Leben in Licht und Liebe verwandeln können (oder zumindest meine Bewusstseinsstufe ein Stück weit anheben und so mein Ego verkleinern können).

„Andersherum geht es allerdings nicht. Das Weibchen ist die höchste Form der Existenz und somit die Endstufe", stand in dem Artikel geschrieben. Ich grinste. Die Fische hatten es verstanden.

Nach dem Essen setzte ich mich unter eine Palme und spielte mit dem schwarzen Sand. Ich genoss die Ruhe. Vor einigen Tagen war es für mich noch unvorstellbar gewesen, so einen menschenleeren Fleck auf Bali zu finden.

„Willst du Schildkröten sehen?", unterbrach ein junger Mann meine Gedanken.

Ich verneinte.

Er setzte sich neben mich. Ich runzelte die Stirn. Wenn der von meinen sozial-aversiven Tendenzen wüsste ...

Wie ich in diesem Land schon häufig die Frage gestellt bekommen hatte, erkundigte auch er sich, ob ich verheiratet sei.

„*Belum*", antwortete ich, was „noch nicht" bedeutet.

Mittlerweile hatte ich erfahren, dass ein Nein auf diese Frage balinesische Gesprächspartner in große Sorge um die persönliche, vermeintlich verlorene oder noch nicht gefundene Position innerhalb des Gesellschaftsgefüges stürzen konnte. Also unterließ ich es, diese Frage zu verneinen. Ich brauchte nun wirklich nicht noch jemanden in meinem Leben, der sich Sorgen darüber machte, dass ich ohne entsprechendes Gegenstück nicht glücklich sein und auch keine Kinder produzieren könnte. Meine Eltern reichten mir in diesem Belang allemal als Sorgeträger.

Der Junge nahm meine Antwort als Einladung, mitzuteilen, dass er ständig unglücklich verliebt war. Er sei auf der Suche nach der Richtigen. Bislang vergeblich.

Jetzt tat er mir leid. Ich seufzte: Liebeskummer tat weh. Zugleich war ich irritiert, wie schnell er mir sein Herz ausschüttete.

Über den Beziehungsstatus zu sprechen, war in Indonesien wohl so eine Sache. Ich hatte gelesen, dass dies mit der gesamten Struktur der Gesellschaft zusammenhing. Menschen in Indonesien lebten in sozialen Geflechten, die einander halfen und schützten.

Ich versuchte, die Richtung des Gesprächs zu ändern. Der Tiefgang seiner unglücklichen Beziehungen überforderte mich und ehrlicherweise war ich nun wirklich nicht die beste Ansprechperson in Sachen „wie finde ich die Richtige".

Also fragte ich nach seiner Religionszugehörigkeit. Er war Hindu und sehr gläubig. Er erzählte, dass der Norden Balis aus gläubigen Hindus bestand, die diese Region für sehr sicher hielten. Hier ließen die Leute beispielsweise ihren Autoschlüssel im Fahrzeug stecken, weil das Karma den Rest regelte. Ich war beeindruckt.

Später.

Beglückt spazierte ich den Strand entlang. Bali hatte mich mit einem saftigen, vielschichtigen Tortenstück des Mehrgefühls beschenkt.

Die erste Schicht, der Boden der Torte, stand für das Vertrauen, das ich hier zunehmend gewonnen hatte. Das Vertrauen in meine innere Kokosnuss – dass ich dieser einen Stimme, die es gut mit mir meinte, trauen durfte.

Die nächste Schicht, cremig, stand für die Begegnungen, mit denen mich dieses Land beschenkt hatte – die vielen lächelnden Gesichter und hilfsbereiten Gesten der Einheimischen und die Freundschaften, die ich hier geschlossen hatte. Meine mittlerweile sich reduzierenden sozial-aversiven Tendenzen überraschte insbesondere dieser Punkt.

Verfeinert wurde diese Torte mit einer zarten Himbeerschicht, die für die Liebe stand. Die Liebe zu Yoga und zu meinem Weg, wohin dieser auch führen mochte. Und wenn ich so darüber nachdachte, sollte diese Himbeerschicht auch für die Liebe mir selbst gegenüber stehen.

Die Torte brachte eine angenehme Frische, eine Zitronennote, mit sich. Diese stand für den erfrischenden Wind, der durch mein Leben zog, wenn ich die Fenster meines Herzens offenhielt. Mich hinter alten Prägungen und erlernten Mustern zu verstecken, wollte ich nun (so gut es mein Ego eben zuließ) hinter mir lassen.

Ich blickte in die Weite des Ozeans. „Es gibt noch so viel mehr von dieser Torte! Und ich befinde mich gerade mal beim ersten Bissen“, dachte ich in Vorfreude auf das, was noch kommen mochte.

Auf das Ende folgt der Anfang

Das frühe Erwachen wurde zum Ritual. Ich spazierte zum Strand und praktizierte bei Sonnenaufgang Yoga, woraufhin ich mich im Ozean erfrischte. Ich wusste nicht, was ich an Bali mehr vermissen würde: die Smoothies, die freundlichen Menschen oder Yoga am Strand.

Um neun Uhr wartete der bestellte Fahrer auf mich. Ich verabschiedete mich seufzend vom Meer sowie von meiner Zimmernachbarin und setzte mich in den Wagen. Auf dem Weg zum Flughafen hüpfte ein Affe nach dem anderen vergnügt von Baum zu Baum, schwang sich die Straße entlang und bescherte mir ein Lächeln.

Je mehr Fahrtzeit verging, desto lauter wurde es draußen. Die hupenden Autos erinnerten mich an meine Anfangszeit hier auf Bali, als ich mich skeptisch mit Surfergirl auf dem Weg nach Canggu befunden hatte.

„Die Skepsis, meine häufige Begleiterin, darf hierbleiben", dachte ich mit einem Schmunzeln, „zumindest ein Großteil von ihr."

„Wir sind da", weckte mich der Fahrer nach der dreistündigen Fahrt. Ich gähnte, streckte mich lang und schleppte mich aus dem Wagen. Seufzend packte ich meinen Rucksack und verabschiedete mich dankend von ihm und seinem Land.

Am Gate.
Ich beobachtete die Leute um mich herum. Verliebte Pärchen, glückliche Familien und gebräunte Jungmenschengruppen umgaben mich. Entspannt holte ich das Handy aus der Tasche und scrollte durch die sozialen Medien. Eine Annonce ploppte auf: „Yogalehrerin gesucht".

Das musste ein Zeichen sein! Aber war ich schon so weit? Ich dachte an eines meiner Lieblingsbücher von Paulo Coelho, *Der Alchimist*, zurück, in dem der Protagonist Santiago anhand von Zeichen auf seinem Lebensweg geleitet worden war.

„Bin ich nun Santiago, obwohl ich immer davon geträumt habe, Fatima, seine Wüstenfrau, zu sein?", fragte ich mich theatralisch und dachte weiter: „Vielleicht kann ich ja auch beides sein."

Die Jobausschreibung war wie auf mich zugeschneidert, sie bezog sich auf eine Anfänger-Klasse und das Studio befand sich direkt in meinem Nachbarviertel. Aufgeregt zappelte mein Bein auf und ab. Ich nahm mir vor, eine Bewerbung an das Studio zu richten, sobald ich zuhause war. Hemmende Selbstzweifel wollte ich gar nicht erst aufkommen lassen und dachte an die Clownfische zurück. Was die konnten, konnte ich schon lange!

Wahrscheinlich waren auch wir Menschen unaufhaltsam, wenn wir uns nicht vom Ego reinreden ließen und einfach loslegten.

Im Flugzeug.
Zur Halbzeit stand ich auf, stellte mich auf den Gang und streckte mein rechtes Bein nach vorne. Mein Sitznachbar blickte mich irritiert an, ich schaute weg – linkes Bein nach hinten und runter in den Versuch eines Spagats (zugegeben: nicht ganz in den Spagat, aber ich war auf dem besten Weg dorthin). Das Flugzeug ruckelte. Ich ruckelte mit, wollte aufstehen und landete auf dem Schoß des Sitznachbars schräg hinter mir. Beschämt zog ich den Kopf ein und entschuldigte mich. Turbulenzen waren in meinem Stretching-Programm nicht einkalkuliert gewesen. Geduckt ging ich zu meinem Platz zurück und setzte mich hin.

Dieses kleine Intermezzo hielt mich nicht auf. Ich verschränkte meine Beine in den Lotussitz und drückte mit den Händen meinen Körper nach oben. Wieder blickte mein Nachbar irritiert in meine Richtung. Ich versuchte, ihn zu ignorieren und zählte geistig bis zehn, um die Position noch länger halten zu können.

Das Flugzeug ruckelte wieder und dieses Mal landete ich auf meinem Sitznachbar. Hochrot entschuldigte ich mich auch bei ihm, setzte mich wie erstarrt auf meinen Sitz und stierte auf den Bildschirm vor meiner Nase.

Ein paar schlechte deutsche Filme und unentspannte Schlafstunden, die die Flexibilität meines Körpers auf „Lattenzaunlatte“ herunterbrachen, sowie insgesamt 27 Stunden Reisezeit später kam ich mit dem Bus in meinem Heimatstädtchen an. Es war zwölf Uhr mittags, was für meinen derzeitigen Biorhythmus Zeit zum Schlafengehen bedeutete.

Der Bus bog in die Ecke meines Viertels ein. Am Marktplatz tummelten sich die Leute und die altbekannten Händler boten ihr Obst und Gemüse feil.

„Willkommen zurück“, flüsterte ich mir lächelnd zu. Mein geliebtes Nach-Reise-Gefühl machte sich in mir breit: Im Glauben, alles habe sich verändert, kaufte man dann doch wieder Gemüse beim gleichen Händler am gleichen Platz am gleichen Wochentag wie schon seit zehn Jahren.

„Alles ist Veränderung und dann doch wieder gleich“, dachte ich.

Der Bus hielt an, ich schnallte mir Rucksack und Brusttasche um und schritt die Treppen theatralisch-elegant hinunter (ich kam mir vor wie die Hauptdarstellerin eines Hollywood-Blockbusters, auf die genau in diesem Moment etwas Großes zukam).

Die Tür des Busses öffnete sich und ...

Leben

Angekommen

… *er* ging über den Zebrastreifen und genau auf den Bus (oder etwa auf mich?!) zu. Ich erstarrte und fluchte innerlich. Verdammt, ich hätte an der Flughafentoilette meine Achselhöhlen waschen und die Frisur entwirren sollen!

Ich neigte den Kopf nach unten und schnüffelte (hoffentlich) unauffällig an mir. Eine Mischung aus sauer riechendem Schweiß und künstlichem Duftbaum-Geruch aus dem Bus kam mir entgegen. Da war nichts mehr zu richten.

Hastig griff meine Hand zu meiner ungewaschenen Reisefrisur, um den Dutt lockerer zu ziehen. Ich seufzte. Mein fettiger Haaransatz war zu fatal, um die Frisur noch retten zu können.

Egal, es war zu spät für jegliche Hygienemaßnahmen, jetzt konnte nur mehr meine Ausstrahlung punkten. So lässig, wie es nach einer 27-stündigen Reise möglich war, blickte ich zu *ihm*.

Doch, wo war er hin?! Er ging doch eben noch auf mich zu und jetzt war von ihm keine Spur mehr zu sehen.

Was für ein Idiot!

Nein, ich war die Idiotin. Da war ich einen Monat lang weggewesen, fühlte mich wie neugeboren und kaum war ich für eine Minute auf heimischem Boden angelangt, fingen die *Leiden der jungen Sabine* wieder von vorne an.

Enttäuscht von mir selbst packte ich meinen Rucksack und trottete nach Hause. Um den Kummer ob meiner offenbar doch nicht ganz so tief gegangenen Transformation ertragen zu können, machte ich bei *Michis Saftladen* halt und holte mir einen roh-veganen Schokoladen-Drink. (Nahrung als Verdrängungsmechanismus hatte bei mir schon immer in gewisser Weise funktioniert, da war wohl in der oralen Phase meiner Kindheit etwas schiefgelaufen.)

Ernüchtert latschte ich die Straßen hoch und seufzte. All die schönen Glücksgefühle waren wie weggeblasen. Wohin war mein Mehrgefühl verschwunden? Und warum konnte man Gefühle nicht einfach festhalten? Immer, wenn ich das versuchte, schien es mir, dass die Gefühle sich zu einer dunklen Gewitterwolke zusammenbrauten, die bei der nächsten Gelegenheit über mich hereinbrach.

Wahrnehmen-wahrnehmen: So fühlt es sich also an, enttäuscht zu sein. Ganz schön unangenehm, diese Enttäuschung – wobei es genau genommen das Ende einer Täuschung ist.

„Liebes Gefühl, schön dich kennenzulernen, gib einfach Bescheid, wenn du wieder gehen möchtest. Oder noch besser: Du brauchst gar nicht Bescheid zu geben, kannst einfach abziehen, wenn du so weit bist, ich bin da nicht so streng …“, murmelte ich vor mich hin und vermischte in der Hoffnung auf positive Endergebnisse manche Achtsamkeitsübung mit den weisen Zeilen der abgedroschenen Selbsthilfebücher meiner Mutter. (Ich gebe zu: Ich hatte sie alle gelesen.)

Nichtsdestotrotz: Danke für diese Erfahrung.

In der Wohnung angekommen, brach Müdigkeit über mich herein. Geschafft kickte ich meine Schlapfen in die Ecke und warf mich quer über mein Bett, doch ich konnte nicht einschlafen. Die heutige Begegnung mit *ihm* ließ mich nicht los.

Bedrückt griff ich nach Bleistift und Papier. Der Schmerz meldete sich zu Wort und eine Welle der Traurigkeit verfasste die folgenden Zeilen:

„Oh du unansehnliche Gewalt,
du grausame Natur.
Du lieblich zarte Blume,
du kraftvoller Vulkan.
Für immer dein und für immer mein,
du Schmerz, du Leid.
Wieso du mir das tust,
weiß ich erst in der Endlichkeit."

Neuer Tag, neues Glück

Vier Uhr morgens.
Ausgeschlafen sprang ich aus dem Bett. Keine Minute länger wollte ich im Liebeskummer suhlend verbringen und zerknüllte die gestern verfasste Ode an das Leid.

„Sabine, du hast vor Bali genügend Tage mit Trauern und Herzschmerz verbracht, jetzt ist es Zeit für ‚Mehr' und ‚Loslegen'", sagte mir meine Nimm-dein-Leben-in-die-Hand-Stimme streng.

Ich nickte und packte entschlossen meine Yogamatte. Um ein Stück Yoga-am-Meer in mein Heimatstädtchen zu bringen, wollte ich am kleinen Bach im Park praktizieren. Freudig hüpfte ich in meine Yogahose, nahm ein Glas Zitronenwasser auf ex und schwang mich auf mein Fahrrad.

Die stockdunkle Nacht ließ den Park unheimlich erscheinen. Um diese Uhrzeit war ich zuletzt unterwegs gewesen, als ich, damals in der Angst, etwas zu verpassen, durch die Nächte gezogen war. (Verpasst hatte ich dann doch etwas: Wertvolle Stunden meines Schlafs und gut gelaunte Tage danach.)

Andächtig rollte ich die Matte aus, stellte mich an ihren Beginn und schloss die Augen, die Hände vor meinem Herz gefaltet. Das Plätschern des Baches versetzte mich in Raum und Zeit zurück nach

Tulamben. Mit der Erinnerung der aufschlagenden Meereswellen begann ich den ersten Sonnengruß.

Aus der Ferne hörte ich Jugendliche grölen, die gerade von ihrer Partynacht heimzogen. Ich konzentrierte mich wieder auf die Bewegungen und meinen Atem. Ein klackerndes Fahrrad fuhr dicht an mir vorbei.

„Einfach wahrnehmen und den Fokus wieder liebevoll zum Asana bringen", sagte ich mir.

Die Geräusche des Fahrrads entfernten sich für einen Moment, wurden dann aber wieder lauter, als würde es mich umkreisen. Meine Urlaubsgefühle schwanden zunehmend. Genervt blinzelte ich.

Ein Obdachloser grinste mir mit löchrigen Zahnreihen entgegen.

„Hast du eine Zigarette?", fragte er.

Ich schüttelte den Kopf.

„Was machst du denn da?", fragte er weiter.

„Yoga", sagte ich knapp.

„Verdammt, ich wollte doch die Tugend der Nettigkeit verstärkt in mein Leben bringen", zischte ich innerlich.

„Sexy", antwortete er.

Jetzt schnaubte ich verärgert und packte meine Matte zusammen. Ich konnte mir nicht länger etwas vormachen: Bali war auf Bali geblieben und ich war, wo ich eben war.

Zuhause.

Ich mixte Papaya und Bananenstücke und vollendete den Smoothie mit einem Schuss Kokosmilch. Wenigstens die Getränke konnte ich mir in meine Heimat zaubern. Zufrieden leckte ich mir über die Lippen.

Die gestrige Begegnung mit *ihm* trat mir wieder vor

Augen. Warum war er einfach an mir vorbeigegangen und hatte mich ignoriert? Ich wurde wütend und ärgerte mich darüber, dass ich nicht mit ihm abschließen konnte. Mit dem Versuch, mich abzulenken, erinnerte ich mich an die ersten Tage auf Bali.

„Nie wieder möchte ich verdurstend in der Flut ertrinken, sondern von jetzt an spielerisch Wellen reiten und mit dem glitzernden Meer zusammen leuchten", hatte ich mir damals fest vorgenommen. Aber wie würde das funktionieren?

„Nicht durch weiteres Grübeln, Sabinchen!", sagte mir meine Nimm-dein-Leben-in-die-Hand-Stimme.

Entschlossen sprang ich auf. Dieser Kerl hatte es nicht verdient, dass ich mir ständig den Kopf über ihn zerbrach. Ich war eine eigenständige, selbstbestimmte Frau und wollte mein Leben nach meinen eigenen Regeln leben, ganz gleich, ob der Flut da draußen das passte oder nicht.

Tatkräftig setzte ich mich an den Schreibtisch und erinnerte mich an die Jobausschreibung, die ich während der Rückreise gesehen hatte. Ich zückte mein Handy, suchte nach dem Screenshot besagter Annonce und legte mit dem Bewerbungsschreiben los.

„Ich brauche überzeugende Yogafotos", dachte ich ungeduldig, als ich den Feinschliff meiner Bewerbung durchging.

Da konnte nur Eine helfen.

„Annika, hilf mir!", rief ich ins Telefon.

„Hallo Sabine! Schön, dass du gut angekommen bist, ich habe dich auch sehr vermisst", witzelte Annika.

„Annika, es gibt jetzt Wichtigeres als Smalltalk", entgegnete ich lachend und erklärte meinen Anruf.

Am Nachmittag im Park.
Ich hatte mir noch rasch ein passendes Outfit in der Stadt besorgt, bevor ich mich mit Annika traf, um die Fotos zu machen.

„Hast du nicht gemeint, mehr auf den Konsum achten zu wollen?", fragte Annika.

„Ich habe gerade elftausend Kilometer mit dem Flieger zurückgelegt. Glaubst du wirklich, dass es jetzt auf ein Paar Leggings ankommt? Außerdem habe ich sie in diesem Öko-Laden gekauft, Greta Thunberg hätte bestimmt nichts dagegen gehabt", entgegnete ich, genervt davon, dass sie wie so oft recht hatte.

Annika lachte, sagte nichts dazu und griff zur Kamera. Ich schmiss mich von einer Pose in die nächste und Annika knipste drauflos. Neugierig schauten uns Passanten dabei zu, während mir nach und nach die Posen ausgingen.

„Mach doch noch den Handstand oder sowas!", rief mir Annika zu.

„Den Handstand?", dachte ich entgeistert. Die Position war mir noch nie so recht gelungen, aber für ein Foto würde ich ihn schon halten können.

„Autsch, verdammt!", schrie ich schmerzverzerrt auf. Ich war hingefallen. In meinem unteren Rücken bereich gab es einen derart gewaltigen Stich, dass ein Hornissenstich dagegen ein Kindergeburtstag gewesen wäre.

„Warum musstest du auch so eine Position vorschlagen!", zischte ich verärgert, wohlwissend, dass ich diejenige war, die die Grenzen ihres Körpers kennen sollte und Annika mich nicht in diese Lage gebracht hatte.

Bockig legte ich mich ins Gras. Annika tat es mir nach.

„Tut es sehr weh?“, fragte sie besorgt.

„Geht schon“, entgegnete ich grummelnd.

„Da sind auf jeden Fall schöne Fotos dabei“, versuchte sie mich aufzubauen.

„Du hast leicht reden, dir wurde gerade auch nicht deine Karriere versaut!“, schnaubte ich halbernst und halblachend.

Annika lachte, sie konnte mich nun nicht mehr ernst nehmen (und ich mich zugegebenermaßen auch nicht). Wir schauten zum Himmel hoch, beobachteten die vorbeiziehenden Wolken und schwiegen für eine Weile.

„Wie die Wolken wird auch der Schmerz vorbeigehen. Und dann steht meinem Yogaunterricht nichts mehr im Weg“, dachte ich gefühlsselig. „Wer weiß, wofür es gut ist.“

Zurück in der Wohnung suchte ich die besten Fotos der Serie aus, bedankte mich geistig bei Annikas Retusche-Künsten und war zufrieden mit dem Yoga-Spirit, den ich auf den Bildern ausstrahlte.

„Fake it till you make it“, dachte ich schulterzuckend. Der Rest würde schon noch kommen.

Zuversichtlich setzte ich mich auf die Dachterrasse und blickte in die Ferne.

„Was, wenn das Leben voll mit Möglichkeiten und Lösungswegen ist, die ich eben nur noch nicht kenne?“, dachte ich und genoss die sanfte Brise. „Dann kann ich mich darauf freuen, welche Lösungen mich noch überraschen und auf mich zukommen.“

Auf zu neuen Ufern

Am nächsten Tag, zwanzig nach sieben.
„Von wegen Lösungen!“, dachte ich verärgert, als ich aus dem Bett stieg (der strikte Bali-Rhythmus für die frühe Tagwache war hier wohl nichts für mich) und den Rückenschmerz stärker spürte als am Tag zuvor.

„Das Leben steckt voller Hürden, über die ich stets zu stolpern wusste. Ich bräuchte ein fliegendes Einhorn, um jedes Mal da drüber zu kommen!“, ärgerte ich mich weiter.

Ich taumelte in die Küche, trank ein Glas Zitronenwasser und schleppte mich auf meine Yogamatte. Gequält mühte ich mich durch drei Sonnengrüße, bis ich klein beigab und die Matte mürrisch links liegen ließ.

Meine nervige Miesmach-Stimme, die ich in den letzten Tagen noch in Maßen zurückdrängen konnte, wurde immer lauter.

„Sabine, was soll das alles und was willst du mit deinem Leben anfangen?“, fragte sie unüberhörbar.

Ich schüttelte den Kopf und wollte die Stimme abwürgen, doch der Satz hallte in mir wider. Hatte ich meinen Job zu leichtsinnig aufgegeben? War es eine verrückte Idee gewesen, alles hinzuschmeißen und zu glauben, dass ich nach ein paar Sonnengrüßen im Süden meine Berufung finden würde? Für den Monat auf Bali hätte ich genauso gut meinen Urlaub aufbrauchen und danach wieder entspannt in den Job zurückkehren können.

„Aber es heißt doch, dass nur das Denken, das wir leben, einen Wert hat", suchte ich den Dialog mit der Miesmach-Stimme (Danke, Herr Hesse!).

„Ja, schon, aber du musst erst einmal darüber nachdenken, ob das Gedachte überhaupt lebenswert ist", entgegnete mir die Stimme in einem besserwisserischen Tonfall, der dem meiner Kindheits-Ballettlehrerin in gefühlt jeder einzelnen Stunde glich (ich hatte schon immer zwei linke Füße gehabt).

Sollte ich *Demian* relativieren?

„Nur das Denken, über das wir eingehend nachgedacht, geprüft und im Anschluss daran eventuell gelebt haben, hat einen Wert. Passt das?", fragte ich die Miesmach-Stimme.

„Da könnte dir ein schönerer Satz einfallen. Du willst immerhin einmal Autorin werden", nörgelte sie weiter. Ich schnaubte. Hätte ich also nach inständigem Prüfen und Nachdenken genauso gehandelt? Ich überlegte. Wahrscheinlich schon, vielleicht nur nicht so rasch. Immerhin hatte ich beschlossen, dass es da noch mehr gäbe, also würde es auch mehr geben. Von „bequem" war dabei nicht die Rede gewesen.

Ich seufzte. Es war schlimm genug, erst mit dreißig Jahren darauf zu kommen, dass ich mein Gehirn zum prüfenden Denken nutzen konnte. Und dann plauderte ich auch noch mit Stimmen in meinem Kopf?

Ich musste heute dringend etwas Normales tun, um mir nicht ganz so idiotisch vorzukommen. Aber was war schon normal? Ich erinnerte mich an meine Zimmernachbarinnen aus der Uni-Zeit, für die es das Normalste der Welt war, den ganzen Tag lang Kaffee zu trinken und Serien zu gucken. Gespannt griff ich zur Fernbedingung und tat es ihnen gleich.

Am Nachmittag.

Verbittert glotzte ich in den Fernseher. Warum machte ich das? Während J. D. bereits drei Leben gerettet und zwei Abfuhren von Elliot eingesteckt hatte, saß ich noch immer auf meiner Couch, konnte aufgrund der Übermenge an Koffein bald an die Decke gehen und hatte dabei noch nicht einmal mein zukünftiges Finanzleben „gerettet". Mein Ich-bin-normal-Masterplan war schiefgegangen. Wenn sich so Normalität anfühlte, blieb ich gerne das stimmenhörende, „verrückte" Sabinchen.

Schlecht gelaunt schaltete ich den Bildschirm aus und starrte an die Decke.

Mein Handy klingelte. Eine mir unbekannte Nummer erschien. Aufgeregt strampelte ich die Sofadecke weg und schob das grüne Symbol nach oben.

„Neumeister, Sabine, hallo?", nahm ich den Anruf betont professionell an.

Auf der anderen Seite der Leitung begrüßte mich eine junge Damenstimme und erklärte mir, dass sie soeben meine Bewerbung durchgegangen sei.

„Freut mich sehr, von Ihnen zu hören! Ich würde wahnsinnig gerne in Ihrem Studio unterrichten. Ich hatte an sanfte Vinyasa-Stunden gedacht, aber ich kann mich natürlich auch ganz nach Ihren Wünschen richten ...", sprudelte ich erfreut los. Energiegeladen sprang ich vom Sofa hoch. Autsch, mein Rücken pochte wieder, der Stich strahlte in den ganzen Körper aus. Schmerzverzerrt nahm ich wieder Platz.

„Dann sehen wir uns bitte morgen um 17 Uhr. Ich freue mich schon auf Ihre Stunde!", wurden meine Gedanken von der Stimme auf der anderen Seite unterbrochen.

Morgen um 17 Uhr? Mist, ich war durch meine Schmerzen so abgelenkt gewesen, dass ich meinem Gegenüber kaum zugehört hatte. Mit diesem Rücken sollte ich unterrichten? Das war doch nicht möglich! Was hatte ich mir denn da schon wieder eingebrockt?

„... ja, ich soll morgen schon unterrichten und ja, ich könnte den Job wirklich gut gebrauchen. Um meine Finanzen war es schon einmal besser bestellt“, erzählte ich Annika von dem Jobangebot.

„Ist halb so wild, Sabine. Lass dir einfach Übungen einfallen, bei denen man den Rücken außen vor lässt“, versuchte Annika, mich zu beschwichtigen.

„Und welche sind das bitte? Soll ich Lach-Yoga unterrichten, oder was?“, blaffte ich sie an.

Wieder bekam Annika meinen Unmut ab. Ich konnte mich wahrlich glücklich schätzen, eine derart treue Seele meine beste Freundin nennen zu dürfen.

Später googelte ich dann doch „Lach-Yoga“. Ich stieß auf ein Video gackernder Yogis, die in ihren Asanas alberner nicht aussehen konnten. Dass die Kursleiterin Frau Meise hieß, konnte hierbei kein Zufall sein.

„Projiziere deine inneren Konflikte jetzt nicht auf die Außenwelt!“, ermahnte mich meine Zurechtweisungsstimme und fuhr fort: „Außerdem könntest du mittlerweile wissen, dass auf diesem Planeten Polarität herrscht und es für jedes Problem eine Lösung gibt – auch, wenn du sie momentan noch nicht kennst!“

Ich seufzte. Entnervt klappte ich den Laptop wieder zu.

Am nächsten Tag.
„Oooooooooom", beendete ich meine erste offizielle Yogastunde. Ein wundervoller Cocktail aus Glückshormonen durchströmte meinen Körper.

Wie meine Schüler den Kurs wohl fanden? Ich hatte keine Ahnung und war viel zu sehr auf mich und meinen Rücken fokussiert gewesen, um mir darüber Gedanken zu machen.

Beim Rausgehen meinte Alice (die freundliche Stimme, die mich gestern zum Unterrichten eingeladen hatte) zu mir: „Du hast den Job! Würden dir Montag, Mittwoch und Sonntag passen?"

Ich riss die Augen auf und nickte begeistert.

Euphorisch rief ich meine Eltern an und erzählte von dem neuen Job. Ich wollte Papa aus seinem Sorgentief herausholen. Seit ich vor ein paar Monaten gekündigt hatte und quasi arbeitslos war, hatte er mich gedanklich in die Schublade „nicht zurechnungsfähig, vermutlich stecken da Drogen dahinter, hoffentlich wird das Mädchen kein Sozialfall" einsortiert.

„Ach Sabinchen, das freut mich ja wahnsinnig für dich!", gluckste Mama ins Telefon und jubelte weiter: „Ich sag's ja immer wieder: Wo ein Wille, da ein Weg! Das hast du super gemacht!"

Die überschwängliche Begeisterung meiner Mutter brachte mich zum Schmunzeln. Wenn ich mit ihr sprach, fühlte ich mich stets wieder wie drei Jahre alt, als hätte ich zum ersten Mal ins Töpfchen gemacht und ein besonders großes Häufchen hinterlassen.

„Sabinchen, pass mal auf, ich gebe den Hörer an Papa weiter. Der ist auch schon neugierig, welche Karrieresprünge du da zurücklegst."

Glaubte ich sofort.

„Ach, drei Mal in der Woche machst du das jetzt?", fragte Papa kritisch.

„Ja genau, Papa, und es bereitet mir große Freude."

„Und was machst du mit der restlichen Zeit, Sabine?"

„Hmmm", stammelte ich vor mich hin, „ich muss ja meine Stunden vorbereiten und außerdem schreibe ich auch und ich werde mich für weitere Jobs umschauen ..." So schnell fühlte ich mich nicht mehr wie das erfolgreiche, ins Töpfchen machende Sabinchen, sondern um zehn Jahre gealtert, wie damals, als ich mit Tom den Werkunterricht geschwänzt hatte, dabei erwischt wurde und deshalb zeigen wollte, dass es wieder bergauf ging.

„Aha ... und so hattest du es dir vorgestellt?" Papa wartete einen Moment ab und fuhr dann fort: „Na, dann ist ja gut. Übrigens: Charlotte ist schwanger, sie bekommt ein Mädchen. Schön, oder? Wie ist das jetzt eigentlich bei dir? Hast du gerade jemanden?", fragte er so empathisch wie ein Bagger, der mit jedem Mal mehr Erde über mich warf.

Klein wie ein Fingerhut legte ich nach ein paar gemurmelten Das-verstehst-du-nicht-Ausflüchten und gekränkten Das-ist-schön-für-Charlotte-und-nein-ich-bin-allein-sehr-glücklich-Erklärungen auf.

Gedanken eines Faultiers

Im Unterricht.
Der Schüler aus der ersten Reihe verließ den Raum.

Verdammt, was hatte ihm nicht gepasst? Ich hatte mir doch gleich gedacht, dass ich nach dem Krieger das Dreieck hätte machen sollen und nicht die gestreckte Heuschrecke. Hatte ich meine Schüler damit etwa verschreckt?

„Egal, einfach weitermachen“, baute mich meine Alles-wird-gut-Stimme auf.

Frau Sportskanone aus der zweiten Reihe sah mich kritisch an. Wollte sie den Raum etwa auch bald verlassen? War meine Stunde so schlecht?

Die Stimme meldete sich wieder zu Wort: „Nur, weil deine Schüler kein Grinsekatze-Lächeln im Gesicht tragen, heißt das nicht, dass dein Unterricht nichts taugt. Du bist Yogalehrerin und keine Stand-up-Comedian. Konzentration, Sabinchen! Wo bleibt der Zen-Modus? Einatmen – Ausatmen.“

Mist … ich hatte das linke Bein vergessen.

Auf dem Nachhauseweg.
Erledigt radelte ich den Hügel hoch. Ich dachte an meinen alten Job zurück – so verkehrt war der eigentlich nicht gewesen. Immerhin war ich damals nie

von Selbstzweifeln geplagt worden. Ich hatte ohnehin fast immer die besten Zahlen erzielt. Der Job hatte so richtig schön in meiner Komfortzone gelegen. Eigentlich hätte ich glücklich damit sein können. Wie war ich nur auf die schwachsinnige Idee gekommen, zu kündigen?

Vielleicht sollte ich meinen ehemaligen Chef mal anrufen.

Für die Zukunft nahm ich mir vor, nur noch das Denken, über das ich zumindest hundertmal nachgedacht hatte, unter Umständen in Betracht zu ziehen und dann womöglich tatsächlich zu leben.

„Andererseits entwickle ich mich in meiner Komfortzone auch kein Stück weiter", überlegte ich. Dabei hatte ich das Bild eines Wollknäuels um mich herum vor Augen, dessen Schnüre – alte Prägungen und Muster – es zu entwickeln und entwirren galt, um weiter zu mir zu finden. Doch wer will schon weiterkommen, wenn der Stillstand so viel angenehmer ist? Morgens mit Kollegen Tee zu trinken und danach die Arbeitspakete zu erledigen, um sich später beim Mittagessen über den Chef zu beschweren – ach, was war das Leben leicht gewesen, als ich einfach nur die Spielregeln des Königs befolgen musste! Nach wenigen Tagen als selbstständige Königin fühlte ich mich schon schachmatt.

„Huhu, Sabine!", wurden meine Gedanken unterbrochen.

Ich zuckte zusammen und wünschte mir zum ersten Mal inständig, dass es eine der Stimmen in meinem Kopf gewesen wäre.

„Hier bin ich!", hörte ich die Frauenstimme wieder.

War ich vollkommen verrückt geworden? Ich drehte

mich um – nichts –, blickte erst zur linken, dann zur rechten Seite und sah dann von der gegenüberliegenden Straßenseite eine junge Frau im knappen Businessrock mit den dazu passenden, geschmackvollen hohen Schuhen auf mich zukommen.

„Ach, die kann ich gerade recht gebrauchen", dachte ich ermattet. Es war Juliana, der Superstar unserer Schulzeit. Ich hatte sie seit mindestens zehn Jahren nicht gesehen und jetzt eilte sie auf mich zu, als seien wir beste Freundinnen. Ich lächelte verzwickt. Sie umarmte mich überschwänglich und fragte neugierig, was ich so mache.

Was machte ich? An einem Buch schreiben, das noch keinen Verlag hatte; Yoga unterrichten, ohne zu wissen, wie lang mein Rücken dabei noch mitspielen würde; mit Sehnsucht nach mehr durch die Welt laufen; den Ex schmerzlich vermissen.

„Och ... nicht viel, alles beim Alten", winkte ich ab, als würde sie mein Altes kennen. Ich fragte nach ihr.

Sie erzählte mir von ihrem Job in der Kanzlei, ihrem wunderbaren Mann und ihrer kürzlich erstandenen Eigentumswohnung.

„Schön!", versuchte ich so befreit und ehrlich wie möglich zu entgegnen. Immerhin war es tatsächlich schön, dass sie das Leben lebte, das sie leben wollte. Schließlich konnte sie nichts dafür, dass durch ihre Anwesenheit meine Wunden ordentlich nachgesalzen wurden.

„Juliana, ich würde liebend gerne noch weiter mit dir quatschen, aber es wartet der nächste Kurs. Voller Terminkalender – aber das muss ich dir ja nicht erklären", zwitscherte ich und radelte weiter.

Wieder zuhause.

Was hatte es eigentlich mit Scham auf sich? Dass ich mich vorhin vor Juliana geschämt hatte, ärgerte mich. Warum eigentlich? Was war Scham für eine merkwürdige Angelegenheit? Sie kam mir so unnötig und so schrecklich unangenehm vor.

„Schamgefühle: Zweck", las ich in meinem alten Psychologie-Ratgeber, den ich im Zuge meiner ersten Selbstfindungskrise mit sechzehn Jahren nach dem Tod meines Meerschweinchens Rudolf und der Trennung von Paul (meinem damaligen Freund, immerhin waren wir sechs Monate zusammen gewesen) erstanden hatte, nach.

„Dient als Alarm- und Schutzfunktion ... wichtig für ein soziales Zusammenleben ... exklusiv menschlich", entnahm ich den ersten Zeilen.

„Exklusiv menschlich", wiederholte ich. Ob mein altes Buch damit auf dem aktuellen Stand der Forschung war? Ich wusste es nicht. „Dennoch: Für ein Tier ist die Welt sicher einfacher", dachte ich. Dabei ließ ich all die Herausforderungen in der Tierwelt mal außer Acht und sinnierte weiter: „Man stelle sich vor, ein Faultier zu sein – wie sorglos, frei und unbeschwert müsste das Leben sein!"

Ich hatte einmal ein Faultier im Zoo beobachtet. Manchmal wünschte ich mir diese ruhige Art, mit der sich diese Tiere durchs Leben bewegten, für mich. Während die Besucher Fotos gemacht hatten, war das Faultier völlig unbekümmert den Ast hochgestiegen. Der Wirbel um sich und sein Tun hatte es nicht berührt.

„Öfter im Leben wie ein Faultier handeln", dachte ich mir und fügte die Notiz meiner geistigen To-do-Liste gleich hinter „Öfter wie Clownfische verwandeln" hinzu.

Ich dachte an die Situation mit Juliana zurück und widmete mich wieder dem Buch.

„… Reduzieren Sie den Unterschied zwischen Ihrem Das-bin-ich und Das-möchte-ich-Sein“, las ich und nickte.

„Vielleicht ist das Schamgefühl die unangenehme Erkenntnis, menschlich zu sein, wenn man ursprünglich den Wunsch nach Perfektion in sich hegt“, überlegte ich. Ich lächelte; daran konnte ich arbeiten.

Was hatte das schlaue Büchlein noch zu bieten? Ich las weiter: „Oft steht die Emotion Scham mit dem Bedürfnis nach Gruppenzugehörigkeit in Zusammenhang.“

„Der innerseelische Konflikt zwischen den Grundbedürfnissen nach Gruppenzugehörigkeit und Autonomie macht uns Menschen das Leben nicht gerade leicht“, dachte ich seufzend.

„Ich bin du und du bist ich“, fielen mir Jais Worte ein. „Wenn Juliana ich ist und ich Juliana bin, habe ich keinen Grund, mich zu schämen“, dachte ich, „denn dann geht es uns allen gleich. Wir sitzen alle im gleichen Boot.“

Gedankenverloren setzte ich mich auf die Couch. Ich sehnte mich nach einem Partner, dem ich von meinem Tag erzählen konnte.

Ich seufzte. Das einzige männliche Wesen in meinem Leben war Emil, also wollte ich mich ihm widmen und klappte den Laptop auf.

Emil hatte bisher bereits sein eigenes Baumhaus gebaut, war beim Bauen hinuntergefallen, hatte sich eine Gehirnerschütterung geholt, wurde deswegen von einer hübschen Ärztin umsorgt, worauf er sich eingestand, den besten Unfall seines Lebens erlitten zu haben.

Daraufhin wollte er mit Luise ein für alle Mal gedanklich abschließen (sie sprach ja ohnehin nicht mehr mit ihm) und sprang erneut, aber nun absichtlich und in Vorfreude auf die schöne Ärztin vom Baumhaus. Schmerzverzerrt und mit Schmetterlingen im Bauch fuhr er mit der Rettung ins Krankenhaus, wo ihn eine schroffe Krankenschwester verarztete und fragte, ob sein Hirn nun zur Gänze herausgeschüttelt worden war.

Emil war beschämt nach Hause gestöckelt (die Gehhilfen hatte er ja noch) und konnte von der schönen Ärztin wegen des Gips-Fußes nicht einmal im Baumhaus träumen.

Ich schmunzelte. Es tat gut, nicht die Einzige zu sein, die einen schlechten Tag hatte.

Emils Bettgeschichten tippte ich als Kapitelüberschrift in die nächste Zeile. Mit „Bettgeschichten" war sein Krankenbett gemeint (verstand sich von selbst).

„Für meine Bettgeschichten wird es auch einmal wieder Zeit", dachte ich betrübt und schrieb weiter.

Emil hatte bereits zahlreiche Tage im Bett verbracht und war so zufrieden wie lange nicht. Ausgeglichen las er sein Science-Fiction-Buch und schlürfte eine Tasse Kakao. Die Sehnsucht nach der schönen Ärztin und auch nach Luise schwand zunehmend. Zufrieden merkte er in der Ruhe, dass ihm für sein Glück nichts und niemand fehlte.

„Vielleicht sollte ich das mit der glückseligen Ruhe auch einmal ausprobieren", dachte ich. Im Grunde genommen lief doch alles genau so, wie ich es wollte: Ich unterrichtete (das mit meinem Rücken würde auch wieder werden) und hatte endlich genügend Zeit, um zu schreiben.

Mir fiel wieder die Diskrepanz zwischen „Das möchte ich sein“ und „Das bin ich“ ein. „Mein ‚Das bin ich‘ ist eigentlich ganz okay“, dachte ich.

Vielleicht sollte ich mich weniger mit dem Rätsel eines männlichen Gegenparts auseinandersetzen und endlich lernen, mich anzunehmen, wie ich war – so, wie ich durch mein Leben ging, und so, wie ich dabei aussah.

„Es muss sich gut anfühlen, nicht ständig nur die eigenen Makel und Mängel vor Augen zu haben“, dachte ich weiter.

Aber wie würde das funktionieren?

Ich nahm Block und Bleistift und schrieb in Großbuchstaben: „ICH BIN ICH UND ICH BIN RICHTIG“ an den Beginn der Seite.

Was war ich darüber hinaus? Ich wollte stichwortartig zu schreiben beginnen, doch wie von allein machte sich mein Stift selbstständig und schrieb flüssig weiter:

„Ich bin ich und ich bin richtig. Ich bin kraftvoll, ich bin wichtig. Ich bin das Universum der Weiblichkeit, alles ist in mir drin und für die Welt bereit.

Denn ich bin ich und ich bin richtig.

Ich bin das Empfangen und Lieben. Bin die Schöpferkraft – habe so viel zu geben, doch heute darf ich einmal kriegen. Denn ich bin alles, alles in einem. Bin die Blüte, die Knospen trägt – das ewige Meer, das Wellen schlägt – das Wasser mit so viel Kraft – und die Erde, die neues Leben erschafft.

Denn ich bin ich und ich bin richtig.

Jedes Gramm an meinem Körper ist für diesen Planeten wichtig. Ich hätte mir so viel mehr zu sagen, als nur mein äußeres Erscheinungsbild zu bejahen. Gibt so viel Weiteres zu betonen, doch jetzt ist es Zeit, friedlich meinen eigenen Körper zu bewohnen. Eins mit mir selbst zu sein. Ich benötige für die große, weite Welt keinen makellosen Schein.

Denn ich bin schön und ich bin richtig.

Bin intuitiv und hellsichtig. Ich bin Göttin und die Kaiserin. Erinnere mich noch mal: Alles, was ich sein will, ist schon in mir drin.

Ich bin alles. Muss mir nichts beweisen – die Zeit hier ist begrenzt, also lasse ich mich nicht mehr vom Ego dazu verleiten, auf augenscheinlich Fehlerhaftem rumzureiten. Denn ich bin hier und jetzt genug. Und alles, was ich erschaffen will, soll daraus entstehen, mein Herz mit noch mehr Liebe zu versehen und dadurch den Weg der Bereicherung gehen.

Denn ich bin ich und ich bin richtig.

Ich bin das zyklische Handeln. Lasse mich innerhalb meines eigenen Rhythmus in so viele Phasen verwandeln. Bin mein eigener Lebenstakt – der zu mir spricht, ich hör einfach zu, was er mir sagt. Bin der Aufbau und das Sprießen, trage den Höhepunkt in mir – um mich dann fallen zu lassen und Lebenskraft zu gießen. Ich bin Leben, ich bin Wunder. Kann Leben gebären und jetzt ist es Zeit, mir selbst nicht mehr das Leben zu verwehren. Drum möchte ich mir ein- für allemal sagen:

Hör auf mich! Und hör auf, mich und meine vermeintlichen Fehler zu hinterfragen.

Denn ich bin das Geschenk der Geschenke, die Bereicherung der Welt und alles andere, was meinem göttlichen Wesen dazu einfällt. Bin alles, alles in einem. Ich möchte mich hiermit vor mir verneigen. Denn ich bin ich, ja, ich bin richtig. Alles an mir ist dann doch wieder perfekt und für unseren Planeten wichtig."

Ich las meine geschriebenen Zeilen und fühlte mich ein wenig besser. Und was noch viel wichtiger war: Ich fühlte mich richtig(-er) und bestätigt in dem, wie und was ich war und wo ich stand. Außerdem fühlte ich mich mit meinem Bleistift ein stückweit weniger allein. Männer waren für mich vorerst einmal erledigt.

„Ich will mein Glück nicht mehr von irgendwelchen Kerlen abhängig machen, dafür ist das Leben zu schön und ich ebenfalls", dachte ich zufrieden.

Und dass ich noch nicht erfolgreich war? Wen kümmerte das schon? Mich von nun an nicht mehr. Das war eben genau der Takt, den mein Rhythmus und Zyklus vorgab. Am liebsten wollte ich mich jetzt selbst umarmen. Also tat ich das und legte meine rechte Hand auf mein Herz, die linke Hand auf meine rechte Schulter, sodass mein linker Arm die rechte Hand hielt.

„Jetzt aber schnell auf die Toilette!", unterbrach mich meine Sabine-nicht-trödeln-Stimme dabei - derzeit befand sich mein innerer Zyklus nämlich in Richtung Rotes Meer.

Göttliche Gespräche

Am nächsten Tag.

Ich saß auf der Dachterrasse und blickte zum Himmel. Ob wir das so machten, wie *es* sich das vorstellte?

Ich erinnerte mich an Liz, die am Anfang von *Eat, Pray, Love* das Gespräch mit Gott gesucht hatte. Ob auch ich Antworten erhalten würde?

Nachdem ich nicht an Gott als Person, sondern an ein liebendes, weises Licht, das überall und in jedem von uns wohnte, glaubte, nannte ich meinen Gesprächspartner nicht Gott oder Göttin, auch nicht Allah, Shiva, Jehova, Brahma oder Vishnu, sondern einfach bloß Licht.

„Liebes Licht, darf ich dir eine Frage stellen?", fragte ich.

„Ja", hörte ich eine klare Stimme in mir antworten.

Ich atmete erleichtert auf und fuhr etwas gelöster fort: „Was zur Hölle ist der Sinn hinter dieser ganzen Sache?"

Eine Pause folgte.

„Welchen Sinn willst du ihr geben?", entgegnete mir die Göttlichkeit bestimmt. „Welches Geschenk möchtest du in die Welt bringen?"

Dass in dieser Konversation weitere Fragen und keine Antworten auf mich zukommen würden, war so nicht geplant gewesen.

Nun denn. Welches Geschenk wollte ich in die Welt bringen? Ich erinnerte mich an die afroamerikanisch aussehende Puppe, die ich von Papa zu meinem sechsten Geburtstag geschenkt bekommen hatte (das zu dieser Zeit wohl coolste Geschenk für mich).

Ich seufzte. Ein Geschenk dieser Art war damit wahrscheinlich nicht gemeint.

Welchen Sinn wollte ich dem Leben geben? Veröffentlichte Bücher? Yogastunden?

„Ich weiß auch nicht so recht", murmelte ich weniger zu meinem Gesprächspartner als zu mir selbst. Das alles kam mir so lächerlich klein und unbedeutend vor - ganz gleich, wie erfolgreich ich damit vielleicht einmal sein konnte, es fühlte sich nicht nach dem an, warum ich hier auf diesem Planeten, auf diesem Kontinent, in diesem Land, in diesem Städtchen, in dieser Wohnung, in diesem Zimmer war.

Meine Gedanken wanderten zu meiner Heiler-Erfahrung auf Bali zurück, zu der Reise zu mir und meinem fruchtigen Kern.

„Na klar, das ist es!", schoss es mir mit einem Mal durch den Kopf. „Wie konnte ich es nur vergessen? Ich zeige meiner Kokosnuss die Menschlichkeit und lerne durch sie das süße Wasser des Lebens kennen! Es muss nichts Großes passieren und doch kann ich im Jetzt das Größte finden: Der süße Flow des Lebens findet genau jetzt statt. Jetzt, jetzt, jetzt und jetzt. Nicht länger auf Fülle warten, wenn meine Kokosnuss doch schon voll ist (und immer voll war). Ich will mit ihr strahlen und Welten heller machen."

Mit leuchtenden Augen stand ich auf und packte meine Jacke. Ich hatte noch den Wocheneinkauf zu erledigen und wollte der Kassiererin heute ein besonders großes Lächeln schenken und allerlei Möglichkeiten finden, wie Welten sonst noch heller gemacht werden konnten.

Das Überraschungsei

Während der nächsten Yogastunde.
Was war der Mann in der ersten Reihe attraktiv, und wie elegant er seine Muskeln im Krieger spielen ließ! Ich konnte kaum wegschauen. Vielleicht sollte ich den Plan „einsame Kriegerin" doch damit ersetzen, mich von diesem Krieger erobern zu lassen. Ich schüttelte den Kopf; meine Sprunghaftigkeit machte mich noch verrückt.

„Immerhin wirst du so nicht allein und verbittert sterben müssen", sagte mir meine Sabine-sei-nicht-so-streng-mit-dir-Stimme. Ich schmunzelte.

Prüfend schritt ich durch den Raum, währendem meine Schüler durch Sonnengrüße flossen. Mr. Hot streckte mir im herabschauenden Hund seinen Po entgegen. Ich konnte nicht anders und fand meine Hände reflexartig an seinen Hüften. Seine Nachbarin zur Rechten sah mich irritiert an.

„Sehr schön … versuch, den Po noch etwas weiter in die Höhe zu strecken, sodass dein Rücken an Länge gewinnt", nuschelte ich peinlich berührt.

Spaßverderber-Yogini zog die Augenbrauen hoch, ich ließ enttäuscht und möglichst sanft und behutsam wieder los. Hastig ging ich zu ihr hinüber und strich ihr den Rücken lang.

Zumindest hielt sie ihre Augen nun geschlossen, sodass meine Blicke wieder zu Mr. Hot wandern konnten.

„Entschuldigung, darf ich dich etwas fragen?" Mr. Hot stand nach der Stunde vor mir und schaute mich mit großen Augen an.

„Na klar, schieß los!", antwortete ich strahlend. (Wenn das keine Anmache war, was dann?)

„Wo hast du denn deine Ausbildung gemacht?", fragte er. „Ich finde deinen Stil sehr schön und möchte meine Yogapraxis gerne vertiefen."

„Ich war dafür auf Bali und kann dir die Schule gerne weiterempfehlen", nuschelte ich aufgeregt, dachte kurz nach und holte weiter aus, „also, ich weiß ja nicht, ob ich das noch einmal so machen würde. Du weißt schon, wegen des Klimas und der Umwelt sind so lange Flüge ja wirklich nicht optimal." (Da lernte ich endlich mal wieder jemanden kennen, der mir gefiel – da würde ich nicht so blöd sein, ihn mir durch die Lappen gehen zu lassen!)

„Ja, stimmt auch wieder", entgegnete Mr. Hot und winkte ab. „Danke, dann bis zum nächsten Mal!"

„Warte mal … ich könnte dir gern bei einer Tasse Tee nach der nächsten Stunde ein paar Tipps für die Auswahl einer Schule geben. Also – nur, wenn du möchtest!", legte ich eilig nach.

Mr. Hot begrüßte mein Angebot. Ich lächelte triumphierend.

Auf dem Heimweg.

„Annika, ich habe ein Date!", jubelte ich freudig in mein Handy und hob eine Coladose vom Straßenrand auf, um sie wegzuwerfen. (Seit neulich fielen mir ständig Möglichkeiten zum Welten-heller-Machen auf.)

„Na, Gott sei Dank … mit wem denn?", freute sich Annika mit mir.

„Verdammt, ich habe Mr. Hot nicht nach seinem Namen gefragt!“ Ich konnte es nicht fassen, dass ich das völlig versäumt hatte.

„Mr. Hot? Ist das dein Ernst, Sabine?“

„Was denn? Der Spitzname hat sich bei dem Aussehen von selbst ergeben, da kann ich nun wirklich nichts für!“

Annika lachte.

Gut gelaunt hüpfte ich die letzten paar Meter zu meiner Wohnungstür hoch. Der Rückenschmerz war seit heute Nachmittag deutlich besser. Ich jubelte innerlich.

„Ab jetzt ist das Glück endlich auf meiner Seite“, dachte ich zufrieden.

In der Wohnung durchstöberte ich die Online-Yoga-Shops und wollte ein besonders edles Outfit für unser erstes Date (wenn man die nächste Yogastunde so nennen konnte) auswählen. Freudig entschied ich mich für eine rote Bio-Baumwoll-leggings mit eingearbeitetem Silberfaseranteil. Das Teil würde perfekt zu meinem silbernen Top passen. Außerdem hatte ich einmal in einer Studie gelesen, dass die Farbe Rot einen attraktiver erscheinen ließ.

„Das kommt mir gerade recht“, dachte ich und schmunzelte.

Ein prüfender Blick auf mein Konto verlieh mir vor Abschluss der Bestellung einen Stich in die Magengegend, der deutlich unangenehmer war als der Rückenschmerz neulich. Ich wurde einen Kopf kleiner und sackte auf dem Stuhl zusammen.

Die alte Leggings muss genügen, den Rest erledigen mein Charme und roter Lippenstift, beschloss ich also. Und so unterstützte mein Kontostand die

Umsetzung meines Plans, nachhaltiger - nämlich weniger - zu konsumieren.

Am Morgen.
Verschlafen kroch ich aus dem Bett, machte ein paar Sonnengrüße und klappte meinen Laptop auf. Ich hatte mir fest vorgenommen, von nun an regelmäßig zu schreiben. Ich benötigte dringend einen Bestseller; die drei Yogastunden pro Woche allein konnten bei meinem Kontonotstand nicht viel ausrichten.

So idyllisch ich mir das Schriftstellerinnen-Leben auch vorgestellt hatte (in einem Strandhäuschen mit Hängematte), so ernüchternd war die Realität. Der Meerblick wurde durch den Anblick meiner fleckig angemalten, kahlen Wand ersetzt, die Hängematte durch meinen knarrenden Holzstuhl mit zu harter Lehne und das Bikini-Tunika-Outfit durch meine Pyjamahose. An manchen Tagen überlegte ich, ob ich mir ein großes L auf die Stirn tätowieren lassen sollte, an anderen war ich überzeugt davon, dem goldenen Faden zu folgen.

„Wenn du überzeugt bist, richtig zu liegen, kannst du dir sicher sein, dich zu irren“, fiel mir ein Spruch ein, den ich neulich gelesen hatte. Solche Gedanken konnte ich gerade alles andere als gebrauchen. Würde ich mit meinem Buchvorhaben triftig auf die Nase fallen? Würde ich mich damit bloß blamieren? War ich auf dem falschen Weg? Was war denn überhaupt richtig oder falsch?

Da erinnerte ich mich an das Zitat, das Sri während der Yogalehrerinausbildung einmal auf die Tafel geschrieben hatte: „Wir brauchen uns nicht weiter vor Auseinandersetzungen, Konflikten und Problemen mit uns selbst und anderen zu fürchten, denn sogar Sterne knallen manchmal aufeinander und es entstehen neue Welten. Heute weiß ich: Das ist das Leben! (Charlie Chaplin)“

Ich nickte. Solange ich für das losgehe, was für mich wichtig ist, gibt es kein Richtig oder Falsch, sondern ausschließlich Entwicklungspotenzial. Und wenn ich doch einmal sprichwörtlich auf die Nase knallen sollte, war ein Sturz vielleicht genau das, was es brauchte, um den Weg in eine neue Richtung zu finden.

Wenn aus dem Buch nichts wird, ist es halt ein Übungsbuch für meinen dann aber wirklich kommenden Bestseller, überlegte ich schmunzelnd und war wieder zuversichtlich gestimmt.

Ich öffnete das Dokument *Emils Abenteuer* und überflog die letzten Seiten. Emils Bein hatte sich mittlerweile erholt und er war wieder wohlauf. Sein bester Freund hatte ihm mitgeteilt, dass Luise inzwischen mit jemand anderem ihr Pausenbrot teilte, und die schöne Ärztin existierte ohnehin nur noch in Emils Träumen.

Die Neue tippte ich als Kapitelüberschrift in die nächste Zeile.

Emil saß aufgeregt im Klassenzimmer. Es war der erste Schultag seit Wochen für ihn, doch das war nicht der Grund für seine Aufregung. Emma, die neue Schülerin, die vor Kurzem in sein Dorf gezogen war, hatte sich genau neben ihn gesetzt. Während Mathe konnte er sich nicht mehr konzentrieren und während Sachkunde fragte er sich, wie es um Emmas Pausenbrot stand.

„Auch Emil bleibt nicht verschont“, dachte ich voller Genugtuung und schrieb lächelnd weiter.

Alle paar Minuten wanderte mein Blick aufs Handy. Zu blöd, dass Mr. Hot und ich keine Nummern ausgetauscht hatten.

„Aber auch irgendwie romantisch“, dachte ich. Vielleicht erkundigt er sich im Studio danach. Was für ein filmreifer Beginn einer Romanze! Andererseits: Weshalb sollte er nach meiner Nummer fragen, wenn er mich bald in der Yogastunde wiedersieht?

Was ein Hin und Her. „Sabine, bleib bei dir!“, ermahnte mich meine Aufpasserin-Stimme.

„Ist ja gut …“, antwortete ich etwas widerspenstig und richtete meine Aufmerksamkeit wieder auf Emil und seine Abenteuer.

Der Vormittag verging und ich konnte nach einem YouTube-Videosprint, etlichen Instagram-Storys und leeren Blicken an die Wand gerade einmal eine einzige neue Seite vorweisen. Wie machten das andere Schriftsteller bloß – ihre Gedanken bei der Arbeit zu halten? „Sie denken nicht an Mr. Hot“, gab ich mir selbst zur Antwort.

Im Unterricht.

Mr. Hot war anscheinend gerne in Gesellschaft anderer Hotties. Er war heute in männlicher Begleitung da und ich konnte mich nicht entscheiden, wohin ich zuerst schauen sollte: etwa auf den knackigen Po von Mr. Hot I, den er mir im herabschauenden Hund entgegenstreckte, oder aber auf den muskulösen Oberkörper von Mr. Hot II? Ich musste das nächste Mal eine Freundin zum Unterricht mitbringen, das waren doch perfekte Kandidaten für zukünftige Doppeldates. Oder ich behalte mir die zwei Hübschen gleich für mich allein …? Meine Fantasien wurden bunter und begannen zu blühen.

Am Ende der Stunde kamen die beiden zu mir nach vorne.

„Ich hoffe, es ist in Ordnung, dass ich meinen Partner mitgenommen habe. Alex und ich überlegen nämlich, die Ausbildung zusammen zu machen“, erklärte Numero 1 freudig.

Partner? Ich schluckte und nickte verkrampft. Das konnte doch nur ein Scherz sein!

Ich hatte einmal gelesen, man würde es riechen, ob jemand zu einem passe. Ich seufzte – auf den Geruch hatte ich bei diesem Anblick nicht auch noch geachtet.

„Wen ich wirklich gut hatte riechen können, war *er*“, grübelte ich melancholisch. Sein Geruch hatte mich an eine Mischung aus Macadamia-Nusscreme und Kokosmilch erinnert.

Ich war kurz davor, mich aus dem Staub zu machen und mich für heute zu verabschieden. Welten-heller-Machen sei Dank entschied ich mich aber letzten Endes doch dazu, über meinen Schatten zu springen und mich mit den beiden zusammenzusetzen.

An der Bar bestellte ich eine Tasse Kamillentee (Beruhigung für die Nerven, verstand sich von selbst) und legte mit Tipps für die Reise los. Jetzt stand ihrer Ausbildung auf Bali nichts mehr im Wege (zumindest meinerseits nicht; das Klima würde das wohl anders sehen).

Zuhause, Telefonat mit Annika.

„Das errätst du nie!“, rief ich aufgeregt ins Telefon.

„Es hat geklappt?“, wollte Annika von meiner Aufregung angesteckt wissen.

„Nein“, seufzte ich.

„Okay, Sabine, ich komm nicht drauf … jetzt erzähl schon!“

„Er ist Verleger!“, schrie ich fast.

„Was? Dein Zukünftiger arbeitet in einem Buchverlag?“

„Ja! Also, nein … das mit dem Zukünftigen wird so schnell nichts. Also das wird gar nichts. Aber, ja: Er ist Verleger. Und schwul ist er auch“, ratterte ich runter.

„Sabine, ich brauche bitte die ganze Story. Das ist ja spannender als das Öffnen eines Überraschungseis“, holte mich Annika auf den Boden der Tatsachen zurück und lachte laut auf.

Also erzählte ich ihr von Harald (der Name Mr. Hot wurde mit dem Kamillentee gegen etwas Bodenständigeres eingetauscht) und davon, dass Yoga der Ausgleich zu seinem Beruf als Verleger war. Er war Verleger bei *Schriebe* – dem Verlag, wenn es um Kinder- und Jugendbücher ging. Ich konnte es noch immer nicht fassen: Harald besorgte mir zwar keine orgasmischen Höhepunkte, aber er erhellte meine Autorinwelt! Denn natürlich hatte ich ihm erzählt, dass ich Jungautorin war. Im Nachhinein konnte ich nicht sagen, was mir schwerer gefallen war: zu sagen, dass ich Autorin war, obschon ich noch kein einziges Buch fertiggebracht hatte, oder dabei nicht in verlegenes Gekicher auszubrechen wie ein Teenagegirl im Sexualkundeunterricht.

Jedenfalls machte ich ihm meinen *Emil* schmackhaft und erzählte von den selbstwirksamkeitsstärkenden Elementen, die ich in die Geschichten eingebaut hatte.

Harald war nicht abgeneigt von meinen Ideen und

wollte das Manuskript probelesen. Jetzt saß ich auf der Couch und wusste nicht, womit ich beginnen sollte. Unzählige Dinge schossen mir in den Kopf, die ich bis zu einem erfolgreichen Manuskriptabschluss zu tun hätte.

Harald wollte die Ausbildung auf Bali (ich hatte meine letztwöchige Aussage bezüglich des Klimas etwas heruntergebrochen) bald starten und hatte mir vorgeschlagen, dass ich ihm die Rohfassung in acht Wochen zukommen lassen sollte.

Acht Wochen?! Hastig ging ich das Manuskript durch. Ich runzelte die Stirn. Das waren nette Zeilen, aber kein Buch, das bei *Schriebe* publiziert werden würde. Ich löschte Absatz für Absatz, überlegte mir neue Überschriften, die ich wieder strich, und kam letzten Endes zum Entschluss, noch einmal neu zu starten.

„Zwei Monate – wie soll ich das bloß schaffen?“, fragte ich mich maßlos überfordert.

Mir fielen Annikas Worte aus der Studienzeit ein: „Die meiste Zeit verbrauchen wir Menschen mit Aufschieben, das Machen geht ganz von allein, sobald wir damit starten.“

Bis jetzt hatte ich ihr wenig Glauben geschenkt. In der Studienzeit hatte ich zum Beispiel mehr Zeit sonnenbadend auf der Dachterrasse verbracht als lernend am Unicampus (das Aufschieben konnte ich also gewissermaßen gut), während sie zeitgleich bei mehreren Vereinen, zwei Chören und einer Tanzschule zugange war. Ich hatte mich also immer schon gefragt, ob die Zeit bei uns ungleich verteilt worden war.

Panisch überlegte ich, ob ich es meinem alten Ich gleichtun und mich einfach irgendwohin fläzen sollte, schüttelte dann aber entschlossen den Kopf. Für Prokrastination war diese Möglichkeit zu kostbar, ich hatte also keine andere Wahl, als loszulegen und mich zu trauen.

„Vielleicht steckt ja auch ein wenig Annika in mir", dachte ich und erinnerte mich an ihre Worte: „Wenn es Eigenschaften bei anderen gibt, die wir gerne hätten, tragen wir sie bereits in uns, leben sie aber noch nicht."

So schwer konnte es also nicht sein, etwas zu entfachen, das ohnehin schon in mir war. Ich atmete tief durch und tippte *Emils Abenteuer* ins Dokument, betrachtete für einen Moment das Geschriebene und löschte die Zeile dann wieder. Ich überlegte kurz und änderte den Titel zu *Emils Superkräfte*.

Ab jetzt hatte Emil für jede Situation in seinem Leben die passende Superkraft parat. Wenn er vor Klassenarbeiten nervös war, setzte er seine Atempower ein und konnte so seine Aufregung wegatmen. Eine tiefe Bauchatmung hatte ihn schon aus einigen stressigen Situationen gerettet. Wenn er sich über Luise ärgerte, verfügte er von nun an über Sprechpower, anhand der er ihr sagen konnte, wie gekränkt er sich fühlte, wenn sie ihn ignorierte. So konnte er von nun an für sich einstehen. Außerdem verfügte er über Glaub-an-dich-Power, die er immer dann einsetzte, wenn Zweifel in ihm hochkamen.

Ich machte eine Pause und blickte mit einem Lächeln auf die Buchskizze.

„Eine Kraft fehlt noch", dachte ich und fragte mich: „Was ist Emils Superpower bei Liebeskummer?"

Autorinleben

Vom heutigen Tag an stellte ich den Wecker täglich auf fünf vor sechs, startete den Tag mit vier Sonnengrüßen und setzte mich dann mit einem Glas Zitronenwasser geradewegs an den Laptop. Pausen erlaubte ich mir nur für Smoothies, Toilettengänge und Yogaeinheiten.

Nach zwei Wochen stand das neue Gerüst, zumindest grob. In Woche drei überarbeitete ich die Seiten. In Woche vier konsumierte ich jedes frei zugängliche Video-Tutorial, das mir Verbesserungen für mein Manuskript versprach. In Woche fünf fluchte ich darüber, dass ich die Tutorials erst jetzt gesehen hatte. In Woche sechs kontaktierte ich einen Textprofi, um mein Werk Korrektur lesen zu lassen. In Woche sieben erhielt ich eine Absage von ihm, weil er gerade im Urlaub war. In Woche acht folgte ein Nervenzusammenbruch dem anderen: In der restlichen Zeit schien es unmöglich, einen Lektor ausfindig zu machen.

Verzweifelt übersandte ich das Dokument an Annika und schrieb:

„Liebe Annika, Alarmstufe 10 (du weißt, was das bedeutet, ausverkaufte Kokosmilch wäre ein Witz dagegen): Ich brauche dein Feedback bis übermorgen, also bitte schnell lesen und bitte, bitte genau korrigieren und bitte, bitte, bitte nicht sauer sein wegen meines engen Zeitfensters (ich bin Künstlerin, alles andere wäre nicht authentisch)!“

Zwei Tage später.
„Charmante Geschichte, die pädagogischen Elemente gefallen mir besonders gut, alles Weitere habe ich dir im Dokument vermerkt.

Wie geht es dir, Sabine? Ich habe seit Wochen nichts mehr von dir gehört! Dass du neulich meine Smoothie-Einladung abgelehnt hast, obwohl ich selbstgemachte, rohe Schokolade angeboten habe, stimmt mich besorgt!“, antwortete Annika auf meine E-Mail. Ich schmunzelte und freute mich auch ein bisschen, dass ich mich nicht hatte ablenken lassen.

Ich war bereits am Ende der achten Woche angelangt und überarbeitete ausgelaugt Annikas Korrekturen. Die letzten Wochen waren hart gewesen, ich hatte nachts mindestens zwei Stunden weniger geschlafen als gewöhnlich und war todmüde. Eine Extraportion Pfefferminze in meinen Smoothies war die letzte Rettung, bis ich das Manuskript endlich würde einreichen können.

Später.
Erschöpft tippte ich das letzte Komma aus Annikas Korrekturen ein und blickte stolz auf mein fertiges Manuskript.

Ich traute dem positiven Gefühl nicht. Es war unmöglich, dass ich es wirklich geschafft hatte. Oder war das nur die Ruhe vor dem Sturm?

Ich speicherte es ab, suchte Haralds E-Mail-Adresse heraus und schickte ihm mit zittrigen Fingern mein Werk. Ungläubig starrte ich auf den Bildschirm.

Jetzt hieß es abwarten und Smoothies trinken. Alles Weitere lag nicht mehr in meinen Händen.

Überraschungsei-Woche

Am nächsten Tag während der Yogastunde.
Irgendetwas war heute anders. Ich wusste nicht, was, aber es fühlte sich gut an. Selbst im Lotussitz tat mir mein Rücken nicht mehr weh.

„Das ist es! Mein Rücken tut mir gar nicht mehr weh!“, bemerkte ich erst jetzt und jubelte innerlich auf.

Bei der Endmeditation ertappte ich mich sogar dabei, freudig meinen Rücken zu strecken und zu krümmen. Nichts – nicht einmal ein Zwicken machte sich in mir breit.

„Vielleicht kommen Körper und Seele jetzt wirklich in Harmonie“, dachte ich glücklich.

Die Yogaschülerin aus der ersten Reihe blickte mich irritiert an. Peinlich berührt erstarrte ich, schloss wieder die Augen und ließ auf das gewöhnliche Abschluss-Om zwei weitere freudig anklingen.

„Hast du Interesse daran, deine Arbeit bei uns auszubauen?“, fragte mich Alice nach der Stunde.

Natürlich hatte ich das! Mein Kontostand konnte jeden Euro gebrauchen. Nachdem meine Einheiten so gut besucht waren, teilte mir Alice zwei weitere Kursstunden zu. Ich war begeistert.

„Langsam geht es bergauf“, dachte ich glücklich und machte mich auf den Heimweg.

Am nächsten Morgen.
Schweißgebadet wachte ich auf. Die Nacht war ein einziger Albtraum gewesen. Erst hatte ich von einer Absage von Harald geträumt, dann war auch noch *er* mit seiner Neuen in meine Yogastunde gekommen. Ich schnaubte verächtlich: Die Neue hatte vor meinen Augen einen Handstand gemacht!

„Blöde Kuh", giftete ich, was leider eher mich traf, denn das Ziel meiner Abneigung war ja nicht in der Nähe (oder gar existent).

Schlecht gelaunt griff ich nach meinem Handy, um die E-Mails zu checken.

Nichts und wieder nichts. Ich seufzte. Wie lange würde es dauern, ein Buch durchzuarbeiten?

„Geht bestimmt nicht schneller, wenn du alle paar Minuten nachschaust", kommentierte meine nervige Besserwisserin-Stimme.

Sie hatte recht. Betrübt packte ich meine Sachen und machte mich auf den Weg zum Ayurveda-Tee-Café, in dem ich mich mit Annika verabredet hatte.

„Sabine, halte dich fest!", sagte Annika aufgeregt, nachdem ich sie begrüßt und mich niedergelassen hatte.

Ich seufzte, was kam denn jetzt auf mich zu?

„Annika, ich will mich jetzt nicht festhalten, ich will eigentlich einfach nur leicht verdaulichen Klatsch und Tratsch. Die letzten Wochen waren anstrengend und der Nervenkitzel wegen des blöden Buchs macht mich vollkommen irre. Im Kopfstand ist mir heute die Decke über den Kopf gewachsen, ich will gerade einfach nur quatschen. Nach irgendwelchen Überraschungseiern ist mir gerade nicht zumute", muffelte ich mürrisch dahin, nachdem ich heute bereits zum rund fünfzigsten

Mal in meinen E-Mail-Posteingang geschaut hatte.

„Sabine, jetzt geht es aber um mich und nicht um dich. Also, dann halte dich eben nicht fest: Ich bin schwanger!“, platzte Annika mit der Neuigkeit heraus.

„Du bist waaaaaas?“, entgegnete ich fassungslos.

„Ich sagte dir ja, du solltest dich festhalten ... Also: Martin und ich bekommen ein Baby, und du wirst Tante! Wenn man das so nennen kann; wir sind ja quasi Schwestern. Du weißt schon.“

„Ich werde waaaaaas?“ Mehr brachte ich nicht raus; ich war nun völlig neben der Spur.

„Ach komm, Sabine, jetzt krieg dich wieder ein!“ Annika staunte, sie konnte nicht glauben, dass ich so auf der Leitung stand.

„Ich wusste ja nicht, dass ihr sowas vorhabt ... also ein Baby ... also ein Baby machen, meine ich!“, stotterte ich.

„Freust du dich denn gar nicht?“, fragte Annika nun etwas ernüchtert.

Natürlich tat ich das. Oder etwa nicht? Was war das für ein mulmiges Gefühl in meinem Magen?

„Das ist das Deine-innere-Uhr-tickt-ebenfalls-und-du-hast-noch-nicht-einmal-einen-Mann-mit-dem-du-so-etwas-machen-könntest-Gefühl“, drängte sich meine zwar nur für mich hörbare, dafür aber nicht minder durchdringende Besserwisserin-Stimme auf.

Ich schnaubte. Diesem Gefühl wollte ich keinen Platz einräumen und schloss Annika innig in meine Arme.

„Wir haben es tatsächlich schon länger versucht. Ich habe nur nie etwas gesagt, weil ich nicht sicher war, ob es wirklich klappt. Du weißt schon, was am Anfang alles so schiefgehen kann ... und außerdem warst du in letzter Zeit immer so beschäftigt!", sprudelte Annika wieder los. Sie war überglücklich und grinste übers ganze Gesicht.

Ich schluckte. War ich zu wenig für sie dagewesen? Das wollte ich jetzt nachholen. Also erzählte sie mir von ihren Arztterminen, von ihren Plänen, zu Hause zu gebären und von ihrer Suche nach der passenden Hebamme.

„Willst du mich morgen zum Schwangerschaftsyoga begleiten?", fragte sie dann mit großen Augen.

„Also Annika, ich weiß ja nicht. Das dauert noch ein halbes Jahrhundert, bis das bei mir so weit ist … was mache ich denn dort?", zierte ich mich.

Annika zog eine Schnute. Diesem Dackelblick konnte ich nicht widerstehen und willigte ein.

„Wer weiß schon, wie lange es tatsächlich noch dauert, bis ich diese Übungen für mich gebrauchen kann", dachte ich hoffnungsvoll. „Wunder geschehen immerhin jeden Tag. Und wenn nicht, leite ich eben die nächste Schwangerschaftsyoga-Gruppe."

Ich bestellte uns Kokoswasser und Nachschlag vom Kuchen. Diese Nachricht musste gebührend gefeiert werden. Außerdem nutzte ich die Gelegenheit, um der Bedienung ein Kompliment auszusprechen. Nach dem vielen Gefluche heute Morgen konnte das meiner Welt im Speziellen und der Welt im Allgemeinen bestimmt nicht schaden.

Am nächsten Tag.
Ich war entsetzt. Jedes potenzielle Babybäuchlein wurde von einem tatsächlichen Babybäuchlein-Papa begleitet. Annika hatte also Martin mitgebracht, der neben ihr grinste wie ein Welpe, der gerade einen extra-

großen Hundekuchen gebacken hatte. Bei diesem kitschigen Bild kam mir beinahe die Schlemmerei von eben wieder hoch. Apropos Schlemmerei: Heute Morgen hatte ich den Nachbardackel Dodo im Garten dabei beobachtet, wie lustvoll er über ein triefendes Stück Fleisch hergefallen war. Was danach passierte, verstand ich selbst nicht: Mich hatte die Lust auf Fleisch gepackt. Mit einem Mal. Woher diese Gelüste kamen, war mir unergründlich. Schwangerschaftshormone konnten es in meinem Fall ja nun nicht sein. Oder gab es so etwas wie eine Co-Schwangerschaft auch unter Freundinnen? Falls ja: Bitte, treten Sie näher, schauen Sie – und bringen Sie ein Steak mit.

Schockiert hatte ich natürlich beschlossen, diese Lust knallhart zu ignorieren. Schließlich hatte ich mir damals geschworen, kein Fleisch mehr zu essen, nie wieder. Dieses Versprechen zu brechen, würde ich mir nicht verzeihen können.

Daraufhin folgte eine ausgiebige Diskussion mit all meinen inneren Proteststimmen, bis zuletzt eine davon am lautesten in mir tobte und fragte: „Sabine, warum bist du so streng mit dir?“

Gute Frage, auf die ich erstmal keine Antwort parat hatte. Mein Schweigen hatte sie genutzt, um noch einen draufzusetzen: „Die Welt dreht sich weiter, auch wenn du einmal deine Prinzipien links liegenlässt!“

Da war ich eingeknickt und hatte mich verdutzt aufs Rad gesetzt, während der Fahrt meine Prinzipien quasi über Board geworfen, mich kurz darauf in der Feinkostabteilung eines Bioladens und später in meiner Küche ein Steak vom Weiderind anbratend vorgefunden. Wäre ich nicht Hauptakteurin dieser Geschichte gewesen, hätte ich sie nicht geglaubt. Was war in mich gefahren? Ich hatte keine Ahnung. Zurück blieb ein Zustand der Verwirrung und die Erkenntnis, nichts zu wissen, egal, wie groß die Illusion der Überzeugung auch scheinen mochte. An dieser Stelle: Cheers to Sokrates! Der nächste Smoothie geht an dich. Das einzig Sichere im Leben bleibt wohl die Unsicherheit.

Meine Gedanken wurden von den Anweisungen der Kursleiterin unterbrochen. Wir saßen im Kreis, beide Hände am Bauch, und sollten das Baby in uns wachsen spüren (oder eben das Steak von vorhin). Ob der Spruch *Fake it till you make it* wohl auch in der Familiengründung zur Anwendung kam? Es würde mir zumindest Dating und Weiteres ersparen.

„Ich kann es ja mal versuchen", dachte ich und öffnete meine Beine in den schwangeren Schmetterling, der bedauerlicherweise noch nicht das Fliegen erlernt hatte – ansonsten wäre ich schon über alle Häuser.

„Und, wie fandest du es?", fragte mich Annika nach der Stunde erwartungsvoll.

Ich zuckte die Achseln

„Die Vorstellung, dass mit jeder Einatmung mehr Energie in die Zellen meiner Mahlzeit gelangt, die Mahlzeit wächst und in mir heranreift, fand ich doch irgendwie beängstigend ...", antwortete ich augenzwinkernd. Annika meinen Fleischkonsum zu beichten, war mir dann doch eine Nummer zu viel. Ich wollte ihre Schwangerschaftshormone nicht unnötig in Wallung bringen. Ablenkend nörgelte ich also in meinem Partner-schaftsblues: „Aber dass gleich alle Männer mitgeschleppt werden müssen und die auch noch so unterstützend mitmachen! Annika, das war dann doch ein bisschen viel für mich."

Sie lachte.

„Hast du eigentlich was von deinem Verleger gehört?“, fragte sie sodann gespannt.

Ich schüttelte wortlos den Kopf.

„Mach doch nicht so ein Gesicht, Sabine. Nutz die Wartezeit doch besser für etwas anderes! Eine neue Geschichte zum Beispiel“, schlug sie vor.

Herzens-Angelegenheiten

Zuhause angekommen.
Wieso eigentlich nicht? Annika hatte recht. Ich konnte mir tatsächlich schon die nächste Geschichte ausdenken. Immerhin war ich jetzt Autorin und es war Zeit für ein weiteres Erfolgsbuch.

Worüber sollte ich schreiben? Nachdenklich klappte ich den Laptop auf. Nichts Brauchbares fiel mir ein. Ich starrte auf die leere Seite.

„Was würde ich heute gerne lesen?", überlegte ich weiter und antwortete gedanklich: „Eine Liebeserklärung von *ihm*."

Ich seufzte. Die einsame Single-Yogastunde neben all den Pärchen wirkte offensichtlich nach.

Ich dachte an die Zeit mit *ihm* zurück. Er hatte mich damals liebevoll „Mäuschen" genannt (ja, wie Schatzi und Mausi vom Flugzeug - galt der Kosename mir, regte mich diese Verniedlichung scheinbar nicht auf).

„Mittlerweile bin ich höchstens eine Muffelmaus, deren kalte Blicke alle Pärchen um sich herum erstarren lassen", dachte ich zerknirscht.

Also schrieb ich von der kleinen Muffelmaus, die einsam in ihrem Waldhäuschen lebte und alle anderen Mäuse mied. Ein richtiger Muffel eben. Vor Jahren war sie von ihrem Lieblingsmäuserich verlassen worden. An diesem Tag hatte sie sich geschworen, ihr Herz nie wieder zu öffnen, um keine Verletzungen mehr ertragen zu müssen. Bei jeder Begegnung mit anderen Waldmäusen verkrampfte sich von nun an ihr Bauch. Eine Stimme in ihr rief dann im Befehlston, sie müsse die anderen um sich herum verscheuchen. Eine andere ihrer ganz eigenen Mäusestimmen schrie laut, dass ohnehin alle nur Schlechtes im Sinn hätten. So fing Muffelmäuschen wie wild zu fauchen an, sodass sich spätestens dann wirklich niemand mehr an sie herantraute. Was ihre liebende innere Stimme dazu zu sagen hatte, konnte sie bei dem lauten Wirrwarr der Miesmausstimmen nicht mehr hören.

Ich pausierte für einen Moment. Wie könnte Muffelmäuschen von ihrem Fluch befreit werden? Nach kurzem Grübeln tippte ich weiter.

Eines Tages traf das Mäuschen auf den Mäuserich Müffelino, dessen bizarrer Geruch sie so irritierte, dass sie zur Gänze vergaß, ihre Muffelmiene aufzusetzen. Sie lachte laut los.

„Du brauchst dringend eine Müffeldusche“, piepste sie und merkte erst jetzt, dass sie vergessen hatte, ihr Muffelgesicht aufzusetzen.

Müffelino verliebte sich sofort in ihre direkte Art und nahm ihr jeglichen Grund, eine Muffelmaus zu sein. Er selbst roch auch nach einigen Müffelduschen wie zuvor, doch genau das mochte Muffelmaus so sehr an ihm. Am meisten aber liebte sie, dass sie beide einfach sie selbst sein konnten, wenn sie zusammen waren.

„Das ist es!“, rief ich aus. „Das ist die Superkraft von Emil gegen Liebeskummer! Die Hab-Vertrauen-und-sei-du-selbst-Kraft, denn eines Tages kommt die Person, die genau diesen Menschen mit all seinen (Be-) Sonderheiten lieben wird!" Das musste ich unbedingt später in den Emil-Text einarbeiten. Ich überflog meine Muffelmaus-Geschichte. Die Zeilen waren zwar nur Käse, doch tat es gut, Emils neue Superkraft gefunden zu haben.

„Hoffentlich bedarf es bei mir keines müffelnden Mäuserichs, der mich erst knacken muss", dachte ich und wusste nicht, ob mir dabei zum Lachen oder Weinen zumute war.

„Nein, bei *ihm* bin ich auch gut im Ich-selbst-Sein gewesen und *ihn* habe ich stets hervorragend riechen können", konterte ich entschieden und war wieder zuversichtlich gestimmt.

Ich schloss das Dokument. Und wer rettete mein Muffel-Leben?

„Wenn ich mein Muffel-Leben in der Gegenwart schon nicht ändern kann, möchte ich es mir wenigstens für die Zukunft schönschreiben", überlegte ich. Wieso eigentlich nicht? Mein künftiges Lebensprojekt war mir außerdem gerade wichtiger als das nächste Buchprojekt.

Also schrieb ich davon, wie leicht Lieben war. Ich schrieb von jemandem, der mich in die Arme nahm und einfach da war. Ohne Drama, ohne Liebeskummer. Jemand, der mich als die sah, die ich war. Doch wer war dieser Jemand, der mich so bedingungslos liebte? Ich schloss die Augen und lehnte mich zurück. Vor mir formte sich das dunkle, verschwommene Bild einer Person, deren Umrisse ich lediglich von weitem erkennen konnte. Ich war überrascht. Meinen Zukünftigen hätte ich mir anders vorgestellt. Nicht so zart und dünn, sondern eher größer und kräftiger.

„Zeig dich doch“, bat ich die Person flüsternd.

Die Silhouette wurde klarer. Ich traute meinen Augen nicht: Die Person entpuppte sich als Frau!

Wow. Erst die Geschichte mit Harald und dann auch noch das. Daran hatte ich noch nie gedacht! Oder hätte mich meine Teenage-Liebe zu Britney Spears damals stutzig machen sollen?

Aber warum kam mir die Person so bekannt vor?

„Zeig mir doch bitte dein Gesicht“, flüsterte ich.

Wieder klärte sich das Bild. Ich erschrak: Ich sah mich! Die Person war ich! Was bedeutete das denn schon wieder? Liebe nur für sich selbst zu empfinden – war das nicht Narzissmus?

„Sieh dich selbst und du musst nicht mehr darauf warten, von anderen gesehen zu werden. Liebe dich selbst und du wirst geliebt werden wie niemals zuvor. Glaube an dich und du wirst stärker, als du es dir jemals erdenken könntest. Halte dich selbst, nimm dich zärtlich in die Arme wie zerbrechliches Porzellan, und du wirst dich behütet empfinden wie niemals zuvor“, sprach eine nicht zuzuordnende Stimme zu mir. Da wollte mir wohl jemand auf die Sprünge helfen.

Und dann sprach ich – glaube ich – selbst zu mir: „Warum soll ich darauf warten, geliebt zu werden, wenn ich auch selbst anfangen kann, zu lieben?”

Ohne nachzudenken, neigte ich mich wieder nach vorne zu meinem Laptop und tippte *Mein Leben* als Überschrift ins Dokument. Ich schrieb von meinem Zukunftshaus in den Bergen, der Hängematte, in der ich meine Romane verfassen und von meinem knuffigen

Hund, der mich dabei begleiten würde. Ein großes Lächeln bewegte meine Lippen.

Ich schrieb von meinem eigenen Yogastudio, von der bezaubernden Wanddekoration, mit der ich die Räume verschönern und von der geschmückten Elefantenstatue, die am Eingangsbereich des Studios stehen würde. (Elefanten waren in Asien das Symbol für Macht, Weisheit, Frieden, Glück, Kraft und Festigkeit.)

Ich war nicht mehr aufzuhalten und schrieb von meinen erfolgreichen Büchern sowie den wohltätigen Projekten, die ich dadurch unterstützen würde. Ich schrieb von Annika, die ihre Nachkommenschaft dann verdreifacht hatte und davon, dass auch mein Bauch nicht mehr in die engen Leggings passen würde (und das nicht aufgrund der Tatsache, dass meine Liebe zu Smoothies gewachsen war).

Ich schrieb von der zärtlichen Umarmung, die ich mir abends schenkte, und auch von den breiten Schultern, an die ich mich lehnte, vom Gute-Nacht-Kuss, der meine Träume versüßte, und der behaarten Brust, die ich zu kraulen liebte. Aber vor allem schrieb ich von der Liebe, Güte und Zuneigung, mit der ich mir selbst und der restlichen Welt jeden Tag zu begegnen wusste.

„Wunder passieren immerhin jeden Tag“, flüsterte ich.

Später.

Ich spazierte an die Flusspromenade und kletterte hinter die Absperrung auf meinen Lieblingsfelsen, der ruhig und abseits gelegen war. Hier hatte ich vor Monaten oft gesessen und mich mit Gedanken-Denken beschäftigt.

Ich blickte zum Fluss. Vielleicht ging es im Leben einfach darum, bei den vielen *FM Käse-Kanälen* sich selbst und seine Kokosnuss besser hören zu lernen. Alles andere entstand dann von allein. Den Käse zu bemerken, das Köpfchen dabei nicht zu vergessen und der Kokosnuss zu folgen – das nahm ich mir für meine Zukunft vor. Und diese startete jetzt.

Zufrieden lauschte ich dem Rauschen des Wassers. Dankbarkeit stellte sich ein, meine Gedanken wanderten zur vergangenen Zeit. Das letzte Jahr hatte mir gezeigt, dass es fern von „eigentlich" mehr im Leben gab. Dieses Leben fühlte sich lebendig an. Es fühlte sich richtig an, ganz gleich, wie anstrengend es mit all den protestierenden Prägungen, Zweifeln und Sorgen auch manchmal sein konnte. Es fühlte sich nach dem Leben an, das von mir gelebt werden wollte.

Ich nahm einen tiefen Atemzug. Was wohl als nächstes auf mich zukäme?

Piep – mein Handy ertönte. Ich griff in die Tasche und sah nach.

„Abstand trennt zwei Menschen nicht voneinander, wenn sie im Herzen verbunden sind. Das habe ich mittlerweile herausgefunden. Wir waren ziemliche Idioten, was? Gibt es eine Chance auf ein Wiedersehen? – Stephan", las ich mit großen Augen.

„Wir waren Idioten? Wer war hier bitte der Idiot, hm?", dachte ich aufgebracht, bevor ich die Nachricht zur Gänze realisiert hatte.

Er hatte sich gemeldet: Stephan wollte mich sehen. Aber was wollte ich?

„Er wird dich verletzen!", schrie die eine Stimme.
„Sei doch endlich vernünftig!", die andere.
„Zur Hölle ... ja, er ist die Liebe deines Lebens!", die nächste.

Und welche davon war jetzt die richtige?

Danksagung

Mein Dank gilt all jenen, die diese Reise zur Realisation des Buches bereichert, begleitet und unterstützt haben.

Von Herzen danke an marly books: Danke, Désirée, für dein Vertrauen in dieses Buchprojekt, das Kokoswasser, das in deine Arbeit fließt, deine Begeisterung gegenüber der Kokosstimme und dafür, dass du sie durch deinen Verlag sprechen lässt.

Danke, Leonie Adam und Lara Telschow, für eure bereichernde Arbeit im Lektorat, eure treffenden Worte und euer Einfühlen in den Text.

Danke, Anita, meine Annika.

Danke, Josef, für unseren gemeinsamen Weg.

Danke an meine Eltern für euer (Für-mich-)Da-Sein.

Danke, Lukas, für unseren Austausch.

Danke, Christine, für deine Präsenz mir und meinen Projekten gegenüber.

Danke, Ju, für unsere wertschätzende Freundschaft.

Danke, Julia, für deine Hilfestellungen bei meinen ersten Schritten auf dieser Buchreise.

Danke an meine Leser, durch die das Wort erst Geschichte schreibt.

Danke an all die wundervollen Herzensmenschen in meinem Leben und da draußen.

Zuletzt gilt mein Dank auch mir selbst: Danke, dass mein Glaube an mich und meine Visionen größer als die Zweifel sind.

DA GIBT'S

Tauche ein in die inspirierende Welt der Kokosstimme.

Dich erwarten motivierende Artikel, praktische Übungen und wertvolle Tipps zu den Themen Achtsamkeit, Gesundheit und Selbstliebe. So wirst auch du nach deiner ganz persönlichen Kokosstimme leben.

Werde Teil der Kokos-Community und begib dich mit uns auf eine Reise zu den Sternen! Denn ganz gleich welcher Herzenswunsch in dir schlummert, er kann Realität werden.

Besuche uns im Web unter www.kokosstimme.com oder auf Instagram unter @kokosstimme. Wir freuen uns darauf, dich kennenzulernen und gemeinsam zu wachsen!